DÍPTICO DE LA FRONTERA

COLECCIÓN MAGIAS PARCIALES

Luis Mora-Ballesteros. Profesor, investigador y consultor editorial. Profesor de español y literatura latinoamericana en la City University of New York (EUA). Doctor en literatura de la Universidad Simón Bolívar y magíster en literatura latinoamericana y del Caribe de la Universidad de Los Andes (Venezuela). Enseñó lengua y literatura en Venezuela y español como lengua extranjera en Costa Rica. Es coautor del *Diccionario básico escolar Saber* (2016), y fue editor adjunto de *Contexto*, revista de estudios literarios. Con *Díptico de la frontera* debuta como novelista.

Luis Mora-Ballesteros

Díptico de la frontera

La Castalia

Díptico de la frontera
© Luis Mora-Ballesteros

1ª edición, La Castalia-Digital, 2020
1ª reimpresión, 2021
Colección Magias Parciales

© De esta edición
© Luis Mora-Ballesteros

Imagen de portada y contraportada
Compartidas por AlphaSystem:
https://wall.alphacoders.com/big.php?i=75093
(portada, detalle)
https://wall.alphacoders.com/big.php?i=589400
(contraportada, detalle)

Foto de autor
Colección personal

Cuidado de los textos
Bernardo Navarro Villarreal
Wilmer Zambrano Castro

Colección al cuidado de
José Gregorio Vásquez C.

Hecho el Depósito de Ley
Depósito Legal: TA2020000012
ISBN: 978-980-7123-21-1
ISBN-E-Book:978-980-7123-22-8

Ediciones La Castalia
Centro Editorial La Castalia
Mérida, Venezuela
lacastalia@gmail.com

La Castalia

COLECCIÓN MAGIAS PARCIALES

A mi madre,

quien siempre me espera al otro lado del océano

El hombre no es un buey para, avergonzado,
tirar del arado uncido con un arnés y un
yugo, arreado por los extranjeros. El océano
no es una palangana, ni los Cárpatos,
un hormiguero.
Mircea Cărtărescu
EL LEVANTE

Lo que hace un hombre es como si lo hicieran todos los hombres.
Por eso no es injusto que una desobediencia en un jardín contamine al
género humano; por eso no es injusto que la crucifixión de un solo judío
baste para salvarlo. Acaso Schopenhauer tiene razón: yo soy los otros,
cualquier hombre es todos los hombres, Shakespeare es de algún modo
el miserable John Vincent Moon.
Jorge Luis Borges
LA FORMA DE LA ESPADA

Primera pieza

Esta no es una historia real. Esta es la crónica de un viaje imaginario por los municipios del eje colombo-venezolano, tan distantes, tan retirados geográficamente de Bogotá y de Caracas, que muchas veces hace pensar que los permea una cartografía inasible y difusa. Un hombre está tras la pista de unos soldados desaparecidos que quizá lo lleve a entender qué pasó por aquellos días en los que el Binomio de Oro estuvo recorriendo Venezuela. O a saber qué sucedió en esos otros años en los que se levantó un comandante y la paz que reinaba se perdió para siempre. Al parecer, todo lo que se comenta en Tierra Mala es verdad, sin embargo, nada de lo que aquí se narra es cierto. Podría decirse que esta ficción relata el trajinar de unos abuelos, padres y tíos que viajaron desde lejos a poblar caseríos del piedemonte andino y hoy día sus hijos, nietos y sobrinos emprenden el camino de regreso a casa. Pero si solamente fuese eso lo que se quería contar, tal vez no habría merecido la pena escribirla.

El falso editor

~ Tierra Mala ~

1

Aquí no hay mar y sucede que ninguno puede soñar por mucho tiempo con regresar al Caribe. No se asoma barco alguno que se deslice sobre las aguas y zarpe de regreso. La sombra de la tarde cae sobre los matorrales y de la tierra brotan orégano y limonaria que después del corte expelen aromas que se esfuman tras la agonía del sol y la llegada del aguacero. Ocurre que hace diez días Cándida amaneció colgada de una viga del soberado del rancho de palma, y la mirada ausente en sus ojos desorbitados sorprendió a José Venancio quien se fue corriendo a buscar al cura que oficia el último rezo. La oración de los fieles buscará dar paz y descanso a esta alma seducida por el mal; intentará lavar la culpa de esta nana samario-cartagenera rehén de la inquina y víctima de la desesperanza. ¿Quién no siente, ante el dolor, que su corazón se arruga y se achica como una ciruela que se deshidrata y se seca y se ennegrece y se muere de vieja?

Aquí no hay mar y cada vez que la noche se cierra, vagos recuerdos merodean por las sienes nacaradas de Rómulo Alegría quien le cantará a la luna. Su pincel de peces de colores dibuja estrellas que flotan sobre cielos de esmalte y un verde satinado reemplazó al turquesa que envolvía a las playas del sur en cada uno de sus lienzos. Pasa que de repente uno a uno esos paisajes marinos se cubrieron de humedales; se colmaron de montes y de pueblos. Sucede que a sus acuarelas las abandonaron los moluscos; se disolvieron atolones y arrecifes, y de un zarpazo desaparecieron farallones, arenales y balnearios. La suya era una isla pequeña, que, al pie de la orilla con sus lanchones de madera, constituía para él y los suyos el mundo entero. ¿Quién no ha visto el sufrimiento en los ojos de otros y no ha sentido la angustia y la desolación de esos centenares que cruzan un río intentando coronar una frontera segura y gentil?

Esta es una época oscura. Es mayo de 1987 y niños, mujeres y hombres han llorado la pérdida de Cándida. Todos empaparon sus cuerpos bajo la lluvia durante el entierro. Son rostros e historias que se reconocen y encuentran un lazo común en su partida. A la nana costeña la despidió un grupo de jornaleros y ordeñadores en el patio techado donde se guardan los granos que se tuestan al sol y cuatro peones la llevaron en hombros camino al sepulcro. Los hijos gemelos de Marina Hoyos lanzaron en su féretro un ramillete de flores de apamate y de bucare ceibo y son tantos los huérfanos que, el día en que se la encontraron muerta, incluso un diostedé pico negro no paró de cantar, como si el luto también le perteneciera. Esta es una de esas tardes tristes, una pena honda recorre predios y linderos en la hacienda El Paraíso, y la angustia del compadre Azael Luis es redonda como una luna llena…

—Ese tono no me gusta, Juan Ángel —le dijo el editor por teléfono tras leer en voz alta estos primeros párrafos del borrador de la crónica de Tierra Mala.

16

—Bueno, intentaré cambiarlo— le respondió Juan Ángel.

—Es que, no sé; tiene cierto color local, mucho de provincia —insistió en modo tajante el editor.

—Me resulta difícil, usted sabe que… —alcanzó a decir cortésmente Juan Ángel antes de ser interrumpido.

—Algo se inventará. Estoy seguro —señaló el editor.

—Usted sabe que yo estoy cundido hasta el cuello —le respondió Juan Ángel con cierta vergüenza.

—Solo bájele el tono poético, a ver qué sale —añadió.

—¡¿En serio?! —exclamó Juan Ángel en tono irónico y algo airado.

—Juan Ángel, no se lo tome personal —le recomendó el editor.

—¿Me lo dice usted, quien acostumbraba a escribir aquella famosísima poesía agropecuaria? —le preguntó Juan Ángel, en un tono un tanto más sereno al editor.

—Pero, funcionaba, ¿no? —le preguntó, entre risas, el editor a Juan Ángel.

—No vamos a entrar en esos terrenos. Usted le entraba a todo —respondió con cierto desgano.

—Usted es como los gatos, siempre cae de pie —sentenció el editor, y colgó.

2

Este es un tiempo inverosímil; uno en el que afectos y memorias quedaron repartidos por doquier en la costa del Caribe colombiano. Sucede también que en el Catatumbo reina la histeria y los que llegan a Venezuela parece que atravesaron el mundo: narran un mismo horror y describen las mismas horas oscuras. Se han embarcado en un viaje hacia la siempre anhelada felicidad; ese puerto al que solo se puede llegar traspasando el dolor y sorteando la pérdida. Hay una hondura que se repite en sus voces, como si se tratase de las líneas de una pieza frecuente en la mecánica de un actor. Alguien tiró los dados al otro lado del sol y el azar se les revela adverso e infortunado. Aquello que unos meses antes parecía imposible, hoy resulta un hecho innegable: la falta de acuerdo entre el gobierno y los mandos superiores de la guerrilla ha traído consigo más bajas, y los saldos en rojo obligan a celebrar funerales colectivos. Se escucha decir que las autoridades colombianas ignoran cuántos nortesantandereanos o costeños se esconden del lado venezolano. Nadie sabe a ciencia cierta cuántos son. A todos ellos los ríos Caroní y Orinoco les son ajenos. Los que son del Táchira no imaginan cómo son los departamentos del Valle,

Magdalena o Bolívar. Solo se estima que en los últimos meses más de ocho mil hombres y mujeres con niños han cruzado para este lado de los más de 2200 kilómetros de la línea imaginaria. Aquí no hay mar ni costa, solo un follaje denso que se posa en cientos de pupilas en las que antes reinaba un manglar o un océano. Forraje verde y matarratón se dan paso entre ojos que solo han visto mangos y pinares; reemplazan sedimentos, oleajes y corales. Ya no se ven los astros a través del pórtico del castillete de piedra de Rómulo Alegría frente las aguas del Caribe samario, el polen erró entre los pastales y cada gota de lluvia sumó en favor del tiempo.

~ Del tono «poético»

o cómo dotar de poesía un texto ~

¡Vaya lío! ¿Y cómo cambiar el tono «poético»? Juan Ángel Villamediana ama la lluvia y corrige avisos en los supermercados y asienta versos en los reversos de las facturas; usa unos lentes negros de pasta sobre su cara alargada. Durante mucho tiempo, Villamediana dirigió el Noticiero Mundial, un popular programa radial que se emitía en frecuencia modulada. Había, en este espacio de difusión meridiana, una sección de noticias en la que él entregaba todo su corazón y ponía todo su empeño. Había unos minutos valiosos en los que los oyentes decían al aire sus denuncias y sus quejas. Había quienes enviaban dedicatorias y pedían canciones de amor para sus enamorados. Había los que rogaban a un fulano que bajara los costales de yuca y llevara los quesos desde algunas de las aldeas vecinas en hojas de bijao. No hace mucho, nuestro atribulado Juan Ángel decidió desempolvar sus notas y empezó a llenar las páginas que datan a la historia de Tierra Mala. Son parte de un bloc que emborronó con escenas de barcos y de naufragios los últimos días de su paso por la escuela de ingeniería, en aquella temporada de las vacaciones de julio y de agosto del año 2001, cuando optó por cambiar para siempre su repetición mecánica de las derivadas, la memorización de los procesos y los resultados de las integrales y eligió —a decir de sus excompañeros, ahora ingenieros en sistemas informáticos— camino en «lengua ordinaria» por las metáforas y la descripción de los barrios bajos y los caseríos de los pueblos de las montañas del Táchira en los que muy pronto, tan pronto como si él hubiera pertenecido a esos sitios desde antaño, dejó de ser solo Juan Ángel y comenzó a ser conocido por todos con la fórmula de «el licenciado Villamediana».

3

La muerte de Cándida dará lugar a que muchos ya no envíen cartas o reciban noticias del otro lado de la frontera. Cándida era de las pocas que sabía leer y fungía de maestra de los niños. A no pocos de ellos les será difícil retener ahora el recuerdo del rugido del Atlántico que proyectaba su voz que no se oirá nunca más entre el zaguán y la cocina. ¿Quién avisará que está listo el café y que es hora de la merienda? ¿Quién la escuchará cantar por estos montes *El cóndor herido*? Cándida ha alzado el vuelo y nadie entonará jamás esa canción en la que, a decir de uno de los gemelos de Marina Hoyos, un pájaro se muere y un señor canta como si le doliera la barriga.

Aquí no hay mar y las cenizas de Cándida no se mezclarán con la brisa en la bahía de los pescadores en el departamento del Magdalena. Taganga no recibirá en su playa el polvo de los huesos gastados de una hija pródiga. Cándida se murió y no ha habido cirios ni coronas de flores del lado Caribe de Colombia. Al pobre ciéntaro que trinaba su pena lo molieron a pedradas, acabaron con su nido y a sus pichones los bajaron del árbol. Al segundo día, el cuerpo de

Cándida fue a dar a la fosa y ya no cultivará más begonias ni helechos. La que fuera nana de los Paolini por casi una década por disposición de los patrones devino en una lápida sin nombre. Su cuerpo yace bajo un árbol de mamón macho. Su última victoria ha sido las nueve noches en las que se rogó por su descanso eterno y la acompañaron las glorias y las letanías que rigen la celebración de los Divinos Misterios. Aquí no hay mar y pasa que, a la par del corral de las gallinas, las lágrimas de los niños se funden con el agua de lluvia de los charcos y un viento hace que brame el caney. Hoy Rómulo Alegría amaneció triste y sus pies cansados enfilaron sus pasos hasta el rancho de palma y no quiso pintar y de su pincel volaron aves y cayeron peces que fueron a dar a la mar oscura de la noche de los sueños…

4

Esta es una época lejana, un momento amargo, endulzado por el olvido cuya sombra se propaga de este lado del río Umuquena o que vierte sus aguas sobre los ríos Jabillo, Arenosa y Escalante, en las riberas y poblados de la zona norte del estado Táchira. Por aquí aún se escucha decir que Andrés Luis Ballesteros se enfiló a pasos firmes hacia la cornisa y tras persignarse se dejó caer. Piensan que en el camino Andrés Luis ha de haber dibujado en su mente la última sonrisa de Alba sentada en la playa al rayar el día en Taganga; allá, en el Magdalena colombiano. Dicen que el joven jardinero optó por poner fin a un dolor que tal vez le habría acompañado hasta los últimos días, hasta las últimas horas. Alba murió intentando coronar la orilla en la cabecera del Tarra y Andrés Luis, de inmediato, comprendió que, ciertas veces, la vida exige bravura y el sufrimiento reclama valentía. ¿Quién no ha sentido, ante el dolor, que el mal de amor hace mella y nos depara la isla de los desahuciados o el pozo de Darvaza? Pasa además que ningún miembro de la familia Carrascal divisará nunca más el horizonte desde la bahía más linda de América. Menos levantará la mirada al cielo samario mientras este se cubre de colores y se llena de pólvora por la llegada del año nuevo. Es un sábado de mayo de 1987 e inundados y enrojecidos están los ojos negros de John Jairo de tanto llorar. Atrás ha quedado la postal familiar a los pies de la estatua de Rodrigo de Bastidas que lo erige señor allende los mares en 1525. Colgadas están en dos clavos sobre la pared una camisa de domingo y una guayabera blanca con tablones rojo vino que solía llevar el padre cuando caminaba de la mano junto a la esposa en el parque de los Novios, mientras los hijos corrían por la plaza sorbiendo granizados de limón y de maracuyá. Su esperanza de ver de nuevo al río Buritaca encontrarse con el océano Atlántico se pierde, y toda fe en el retorno a Santa Marta se desploma en la lejanía. Son cantos de guacharacas culirrojas y cacerías de venados y lapas de montaña los que sustituyen a las atarrayas de peces y a las persecuciones de garrobos. Son el harto pasto y el camellón los que les cubren sus ojos antes plenos de mar y los que cortan a sus pasos los recuerdos de cayenas de colores. Hoy es sábado tarde, se ve cesar la lluvia, huele a tierra mojada y John Jairo maldice su suerte tras recordar los ojos atigrados y las pecas de Juliana a medida que el viento sopla en dirección norte de la hacienda El Paraíso. Un cuatro desafina en el soberado y cierra en su mente las puertas del rancho de palma donde antaño el abuelo Rómulo Alegría afinó una bandola. Dos pasajes sabaneros inundan oídos que solo habían escuchado al cantor de Fonseca y a los hermanos Zuleta. Son los versos del gañote de Freddy Salcedo y un *Ella fue* en voz de Julio Miranda los que desplazan a los acordes del vallenato del Nobel y los que eclipsan a las estrofas de Carlos Huertas, el nativo del centro de La Guajira. Aquí no hay mar y sucede que a la papaya le dicen lechosa, a los bananos cambures, y a la sandía, patilla. Aquí no hay mar y no abundan los pájaros y los peces en las acuarelas de Rómulo Alegría. Es la noche de un sábado de mayo de 1987 y mañana domingo llegan unos treinta hombres y una media docena de mujeres con niños desde el lado colombiano. Viajan los unos arriba de los otros. Es una multitud que corre en estampida, que huye aterrorizada; un montón de gente que esquiva minas y sortea balas llegada la noche. Un desfile de almas que atraviesa a oscuras las aguas de los ríos Tarra, Grita, Guarumito y Táchira, para venir hasta aquí, desde donde se ve por las tardes-noche el relámpago del Catatumbo y la crecida de los ríos Carira, Jabillo y Escalante impide el traslado de la carga y dificulta el paso de las bestias...

—Esto no tiene compón, Juan Ángel —le dijo el editor levemente molesto.

—Bueno, usted me dirá, yo, sencillamente, no sé qué más hacer para dejar de escribir —respondió Juan Ángel Villamediana seriamente afectado por la resolución del editor.

—Es que, no siento que, una historia como esta, en verdad, tenga público, ¿sí me entiende? —señaló el editor—. Producir una columna de este tipo es una apuesta muy riesgosa —remató.

—Está bien, está bien, yo entiendo —respondió Juan Ángel Villamediana resignado a su suerte de no ver jamás publicada su crónica sobre Tierra Mala.

—Yo no quiero sonar duro, Juan Ángel, pero el talento se tiene o no se tiene —intentó calmarlo el editor ante el tono lacónico que imperaba en su interlocutor—. ¿Por qué mejor no pasamos la página y avanzamos en esos reportes que a la gente tanto le gustan? —insistió fingiendo ser empático—. Esos reportajes le valieron la fama de el licenciado Villamediana, ¿no? —dijo en modo halagüeño.

—Eh, bueno, sí, está bien, vamos a seguir con lo de las comunidades —le respondió Juan Ángel Villamediana entre dientes, ciertamente decepcionado.

—Es más, le tengo una tarea —dijo el editor con cierta intriga.

—¿Qué será? —lo interrogó Juan Ángel curioso aún con la esperanza de hacer algo con su crónica.

—Váyase a la zona norte y prepare un reportaje sobre unos soldados desaparecidos del batallón —le ordenó.

—*Okay* —asintió Juan Ángel Villamediana decepcionado.

—Listo. Así quedamos —dijo el editor, y colgó.

5

Correo electrónico en carpeta de enviados

Aquí no hay mar y esas almas que huyen de la guerra han cruzado los ríos. Los pasan sobre una curiara o apiñados en una almadía. Seguirán caminando y, al cruzar la trocha, la requisa se tornará rigurosa: «¡Este sí! ¡Este no!» Es lo que se escucha decir de alguien del otro lado de la frontera. También se escucha que casi todos son costeños o norte-santandereanos; pocos de la Alta Guajira. Muchos vienen y no todos cruzan. Los afortunados pisarán la orilla del lado venezolano y luego correrán arrastrando enseres y cajas por atajos y caminos desconocidos. Los guajiros huyen del hambre y de la sequía que azota a la península. Es fama escuchar que por allá hace mucho que no se ve llover, lo cual impide la siembra y somete a la sed y a las enfermedades a decenas de miles. Los otros temen por las explosiones y las metrallas que enlutan a los hogares en Ocaña, en San Calixto o en Sardinata. En ese extremo oriental de Colombia, los choques entre los grupos armados por el control de la coca, el carbón y la agroindustria de la palma han desplazado a cientos de campesinos que antes se dedicaban al arado tradicional. Aquí llueve y se ve lejana la alegría en los rostros de los hijos de los Carrascal por ver saltar a los sapos y oír croar a las ranas. Mañana domingo, una nueva familia se encargará de la quesera y los nietos de los Paolini conocerán a su nueva nodriza Marina Hoyos. Nuevos brazos apilarán el café y nuevas fuerzas girarán la rueda del trapiche. Otras manos serán las que exprimirán la ubre y otros dedos los que seguirán el ritmo acompasado del primer ordeño.

Por aquí pocos saben que los que vienen desde Colombia llevan kilómetros de recorrido. Son niños, mujeres y hombres que no renuncian a la vida, que se esconden como animales extraviados para evitar ser presas de los depredadores. Sus rostros y hombros están tostados por el sol. Su piel se ha quebrado por el viento del mar. Algunos atravesaron la selva. Otros recorrieron la llanura. A todos, una tristeza los cerca y una nostalgia de años los embargará para siempre. Mañana, primer domingo de mayo, cuando en la hacienda pasen lista y repartan números, una ingente masa de manos y pies marchará desde el otro lado de la frontera tratando de huir del horror y de las bombas para dejar tras sus pasos a familiares y a pueblos desiertos en los que vaga la muerte, agitando su guadaña. Otros abandonarán lotes y conucos evitando toparse con los cadáveres que dejaron tirados en las cabeceras y que van a dar a las desembocaduras de los ríos Catatumbo, Tarra y Tibú tras la marcha de fusiles y pasamontañas. Antes, muy de madrugada, cantidades imprecisas de mercaderías venidas desde lugares cercanos a un puerto sin mar del Norte de Santander buscarán resguardo y compra de este lado. Es sábado: en Puerto Santander anochece y, en la hacienda, John Jairo se duerme entre sollozos, intentando ahuyentar a una nube de mosquitos que le picaban los pies y le zumbaban por el cuello y la espalda. La noche y la madrugada avanzan, ya pasó el primer ordeño. Atrás quedó el silencio. Guardián se sobresalta, empieza a ladrar y despierta a un peón que cabeceaba durante la guardia. Horas más tarde amanece: es el día 5 de mayo de 1987 y grillos y gallos acompañan con sus chirridos y cantos al sol débil de una tibia mañana de domingo que promete un torrencial aguacero al final de la tarde. Un café endulzado con miel de panela hierve sobre el fogón y José Venancio Duque da indicaciones con señas y a gritos desde lo alto de un soberado. Este es un año en el que el invierno se atravesó antes y El Paraíso es una tierra mala en donde el Tratado de Tonchalá arribará pronto a tres décadas de existencia.

6

Correo electrónico en carpeta de enviados

Mientras José Venancio Duque desciende por la escalera, una larga fila de jornaleros y ordeñadores comienza a formarse afuera en uno de los patios sin techo donde se tuestan los granos que recogen las manos de niños y mujeres cuyos nombres desconoce la mayoría de sus congéneres. A Duque dos peones armados le cuidan los pasos y le siguen sus órdenes. Cada uno sostiene entre sus manos una escopeta calibre .22. Los hombres de la fila pasan de uno en uno frente a una mesa de madera y recogen su pago. El monto es preciso: 1200 bolívares a los que se van y quinientos a los que se quedan y que más tarde irán al mercado. El caporal sentado detrás de la mesa cuenta los billetes y una mujer con letra palmer asienta el registro. No hay vales o tiques, solo metálico. Los primeros hombres cruzarán de nuevo la línea imaginaria que los separa de Colombia. Los segundos irán al pueblo por las compras. Pasan unas dos horas y listos están los que reciben el pago más grande para abordar el camión parqueado al frente de la hacienda. Preparados también están los que van a cambiar los víveres asignados en la cartilla del comisariato ganadero. Los primeros caminan en fila hacia el camión y uno a uno suben con sus miradas hondas y se acomodan en los tablones dispuestos dentro de la jaula. Nadie fuma. Nadie cruza palabra con otro. Nada más un par de hombres mascan chimó. Para veintiséis de ellos que llegaron el domingo pasado al caer el ocaso, su jornal comenzó con el ordeño del lunes y ahora se marchan el domingo al amanecer. Otros oran y se encomiendan a las Tres Divinas Personas. Ni Iván Darío, ni Azael Luis debieran entrar en el grupo, pero se tienen que ir. A Iván Darío su mujer se le ha muerto dos meses atrás en la casa del patrón después de darse un baño tras haber planchado la ropa de los gemelos de los Paolini, y él ya pagó con trabajo los gastos del entierro. Muy triste, dobla su cédula agropecuaria y se la mete en uno de los bolsillos traseros del pantalón. Al hacerlo casi despierta a su hijo Samuel quien retoza al lado de su hermanita Juliana. La niña aprieta entre sus manos un caballito tallado sobre un pedazo de madera que le regaló John Jairo cuando se despidieron para siempre. Azael Luis ha perdido su mano hábil aserrando madera y, tras quedar manco, ya no es del todo productivo, según José Venancio, para las labores de la siembra. El segundo grupo de hombres camina en compañía de sus mujeres e hijos, en dirección al portón, y no hablan sino hasta dejar el primero de los cercos hechos de leños con alambre de púa. Esperarán por uno de los autobuses de Expresos Jáuregui que viene desde Maracaibo y que los llevará hasta el pueblo para ir al mercado y luego a misa de diez. Así aprovechan para saludar a familiares que hacen trabajos de zapateros, electricistas y carpinteros y no pierden tiempo mientras cambian la tarjeta de identidad fronteriza. En la frontera colombo-venezolana, pasan lista y uno de los peones armados descarta a un hombre cojo que intentaba subirse a la jaula. En su cuerpo estará grabada para siempre esa huella de la guerra que afecta a miles de nortesantandereanos en su amada Colombia. A los que están formados frente al camión les espera un viaje de dos horas por la carretera norte-sur que integra la troncal Machiques-Colón. La jaula verde del camión ganadero no luce muy cómoda. Está algo sucia; hasta tiene el olor a suero y algo de la bosta de la carga que llevaron hace tres días al matadero industrial de La Fría, municipio García de Hevia del estado Táchira. Los que toman esta ruta son desplazados, dicen unos. Son víctimas del conflicto, afirman otros. Para la mayoría, son casi invisibles. Ninguno de ellos parece tener doliente más allá de las fronteras y los límites de la vereda o el caserío.

En El Paraíso no hay mar y quienes llegarán lo ignoran; en la frontera colombo-venezolana el trato fue un éxito. Esta tarde serán veintiocho hombres y seis mujeres con nueve niños los que traerá el camión a su vuelta. Bianca Patiño viaja con ellos y sueña que pronto le enviará dinero a su mamá para que le compre unos zapaticos nuevos a su hijo Julián quien se quedó dormido y no la vio partir. La fuerza bruta de cada uno de los escogidos para trabajar en El Paraíso les garantiza pan y cobijo temporales. Otros, sin embargo, no han contado con la misma suerte. Decenas llevan días apostados entre los leños, agazapados bajo las matas de plátano y de aguacate; a la espera; entre las sombras de la noche, en el permanente tanteo, en la búsqueda inútil por conquistar la orilla, por saltar los cercos, por derribar los falsos y por sortear las estacas que los separan del cruce. El paso fronterizo luce para ellos como una valla infranqueable, una fortaleza a la que tienen que tumbarle las puertas y después entrar, a pesar de que es una línea invisible que existe por órdenes superiores, que ellos no logran comprender…

Cae la tarde, sale el sol de los venados que se dibuja desde la lontananza y el caporal José Venancio Duque pasa revista de los que llegaron hoy. Leche fresca y miel de panela expelen aromas desde el trapiche y la vaquera después del tercer ordeño y el final de la zafra. Un rumor de silbidos y arreos inunda el aire mientras las garzas y las pías sobrevuelan los linderos de la hacienda El Paraíso. Las semillas de maíz y la siembra de caña de azúcar brotan como la maleza por ser una tierra fértil; un edén para el pastoreo del ganado vacuno y el fermento del suero y de los quesos crema. Lejos de aquí, en Puerto Santander, casi anochece y a Iván Darío una bala de plomo con punta hueca se le aloja en la sien. Su último recuerdo viaja y se inserta lejos. Se ve corriendo desnudo entre las plataneras de el Valle del Cauca que besan al río. En una de las calles suena *A ritmo de cha cun cha*, del Binomio de Oro, en voz de Rafael Orozco, y dos mujeres que venden pinchos de carne y papas chorreadas con limonada corean los versos. Lejos de allí, en El Paraíso, José Venancio Duque ha mancillado el honor de Marina Hoyos tras encontrar en la partida de Azael Luis una oportunidad para violarla; la someterá por semanas a vejaciones irreparables. Meses después, se la llevará a vivir con él al pueblo para que le funja de servicio. Tiempo más tarde, uno de sus gemelitos morirá debido a la virulencia del sarampión. Aquí no hay mar y pasa que Rómulo Alegría le cantará a la luna que se oculta lejos, con su voz quebrada, con su memoria triste, con la mirada puesta en el ayer… Aquí no hay mar y sucede que al *tinto* lo mientan café y al *café* lo llaman café con leche…

—Juan Ángel, ya le dije que no me gusta esa crónica de Tierra Mala, creo que, en su afán por contar una historia de una gente ahí, que vino de Colombia, a trabajar en las fincas y en las haciendas de la zona norte, se erra en el tono. Me dio angustia leerla. Tuve que parar. Tiene que dosificarla. Hay mucha información. Un gentío. No pierda más tiempo con eso. Eso ya pasó. De eso hace ya mucho tiempo. Déjelo ir. Déjelo ir. No sé, por qué razón, o por qué carajos, me sigue enviado al correo electrónico esa vaina. Concéntrese, más bien, en la nota de los malditos soldados. Mire que estamos retrasados con ese asunto y medio mundo aquí anda preguntándome qué pasó con eso. Deme alguna señal. Me han llamado de la oficina del gobernador ¡Imagínese! —Eran las palabras que una y otra vez acudían a la memoria de Juan Ángel Villamediana mientras iba de pasajero camino a Boca de Grita en un carrito por puesto.

—Usted no lo entiende, licenciado, esos son los hijos de una patria que los echó a la fuerza. Son parte de los miles de huérfanos que se han visto arrastrados por una tragedia —le dijo a Juan Ángel Villamediana el chofer con quien conversaba sobre los mitos que aún rondaban en la zona norte del Táchira sobre El Paraíso.

—¿Qué me dice, maestro? —le preguntó Juan Ángel Villamediana quien parecía no seguirle del todo el hilo de la conversación al chofer debido a estar concentrado en las palabras del editor.

—Eso que usted me contaba, de la gente que vino aquí, de los colombianos.

—Ah, sí, perdón, me distraje, ¿qué me decía?

—Eso pasó toda vez que, en 1948, del cuerpo asesinado de Jorge Eliécer Gaitán, se desprendiese un hilo de sangre que recorre y vaga por toda Colombia —concluyó Chuito, el chofer, un hombre de unos sesenta años; maestro jubilado de lengua y literatura, cuyo oficio era contrabandear gasolina en un destartalado Maverick, y por el que se ganaba treinta o cuarenta mil pesos por viaje; unos diez o trece dólares.

~El primero de los números ha sido discado~

Así pues, en busca de información sobre los soldados desaparecidos y en aras de olvidar la crónica de Tierra Mala, Juan Ángel Villamediana se dirigió a Boca de Grita, en la zona norte del Táchira. No sospechaba siquiera que para poder hacer su reporte debía primero tener la aprobación del subcomandante a cargo del frente de las Autodefensas Unidas de Colombia (AUC) apostado al otro lado de la frontera de Venezuela con Colombia. Juan Ángel Villamediana llegó como a las diez de la mañana a Orope y poco después a Boca de Grita. En moto, arribó a territorio neogranadino por una de las trochas, entró en Puerto Santander y prosiguió después río abajo por el Catatumbo. Según los rumores, el subcomandante había sido visto días antes por Vuelta del Mono, Gallinero y El Pueblito en el lado venezolano.

—¿Y dónde exactamente queda el campamento? —preguntó Juan Ángel Villamediana.

—Después del cruce, siempre recto. Va a encontrar un samán especial. Ahí lo van a estar esperando —le habían instruido a Chuito que le comunicase a Juan Ángel.

—¿Quién me va a estar esperando? —le preguntó antes de bajarse del Maverick y de emprender su periplo.

—No debe tener miedo de nada —le habían dicho a Chuito que le dijese a Juan Ángel.

Juan Ángel Villamediana recorrió a pie dos kilómetros de monte y de matorrales con espinos, adentrándose en la selva húmeda. Superó los abismos, sorteó las hondonadas y alcanzó el samán: un hermoso árbol centenario que extiende sus ramas e ilumina de verde y abriga en su seno a los pájaros y a las iguanas que pueblan los pastizales. Allí esperó durante cuarenta minutos a la orilla de un arroyo, al que los campesinos y los viajeros llaman caño Macho. Dos hombres armados salieron de entre las aves del paraíso y las hojas de bijao, que crecen al pie de la ribera, y le hicieron señas con los fusiles para que se arrimase al árbol y se pusiese en posición para el cacheo de rigor. Tras revisarlo, uno de los combatientes le dijo:

—Váyase. El subcomandante no puede verlo.

Decepcionado, pero sin demostrarlo, el licenciado descendió por el curso del río Zulia en una almadía que le proveyeron los milicianos, bordeó la frontera colombiana que colinda con el estado Zulia, sintiéndose perdido, y, cuando llegó al otro lado de la orilla, algunos hombres que controlaban el paso de combustible que cruza de contrabando hacia Colombia lo detuvieron y lo interrogaron.

—¿Usted qué hace por aquí? —le preguntó uno de los gasolineros, de unos veinte años, pantalones de yin, guayabera azul claro y pecho descubierto.

—Soy periodista. Iba a verme con el subcomandante —respondió.

—Pero, si el subcomandante está cerquita de aquí —le dijo a su vez el joven contrabandista.

Juan Ángel no supo qué decir y segundos luego el muchacho llamó a un compañero, quien se acercó, y seguidamente ambos se apartaron unos metros para hablar en voz baja, poniendo sus manos sobre los labios. Lo que decían era inaudible. Juan Ángel Villamediana esperaba de pie bajo un sol inclemente en medio de la nada, hacía unos treinta y seis grados Celsius y de su cara chorreaba un sudor pegajoso, mientras una sed enorme lo atormentaba. Allí estaba, otra vez perdido; sin siquiera haber bebido líquido alguno desde que bajó por la rivera para llegar hasta ese punto irreconocible de la carretera Machiques-Colón.

—Mire, tiene que venir con nosotros —le dijo el segundo de los hombres, de voz ronca, unos veinticinco años, con un AK-47 al hombro.

—¿Adónde vamos? —preguntó Juan Ángel Villamediana.

—No debe tener miedo de nada —le respondieron casi al unísono.

Tras la advertencia, otro hombre vestido con camisa negra y pantalones verdes se le acercó y le vendó los ojos y lo dirigió con sumo cuidado a un camión que estaba aparcado unos doscientos metros más adelante. Sentado y a ciegas en la plataforma de carga, el licenciado Villamediana viajó por más de dos horas por caminos de piedra y camellones de tierra. Al detenerse el camión en un punto impreciso, lo bajaron, le acercaron una silla de madera con espaldar y posaderas de cuero de res seco y allí pasó una hora que se le hizo eterna. Luego, cerca de las tres de la tarde, otro miliciano vestido con uniforme camuflado le quitó la venda y le dijo que el subcomandante no podía verlo. Acto seguido le vendaron nuevamente los ojos y Juan Ángel Villamediana debió caminar unos seis kilómetros desde el lugar donde lo dejaron hasta el punto de control de la guardia fronteriza. Luego de caminar sin rumbo durante dos horas, al llegar por fin a la alcabala, unos centinelas le dieron la voz de alto y le alumbraron la cara con una linterna pidiéndole que se identificara, ante lo cual Juan Ángel Villamediana sacó su cédula de identidad y otro de los efectivos le indicó que avanzara, haciendo un ligero movimiento con la cabeza.

~ *Informes y notas de prensa* ~

Aquí no hay mar y el techo del cielo se desprende a pedazos cuando llueve y esto hace que el Escalante, la Arenosa y el Carira ensanchen sus cauces e inunden hectáreas y potreros. El agua sigue corriendo impetuosa y las nubes no paran de llorar sobre la hacienda El Paraíso. Es más, se escucha decir que el viejo Paolini todavía tiene un pacto con el diablo. Este es un puerto sin mar y aquí, cuando declina la tarde, lo que abunda es una plaga voraz que parece cruzada con vampiro. Nadie imagina en el pueblo o en El Paraíso que, del otro lado del río, se alza un comandante, o dos. Eso no se sabe con certeza. O todos lo ignoran, o todos fingen no saberlo. Aquí y allá el silencio es ley y las miradas cómplices así parecen declararlo. Nadie habla de manera directa. Solo se dejaron ver antes del asomo de la noche un «"Bueno, usted sabe cómo es todo, licenciado". "Eso no es asunto mío". "Yo no soy de por aquí". "Usted sabe de quién le estoy hablando"». Así, todo parece normal; demasiado normal, diríamos.

Lo pongo en autos: esta noche imprecisa del año 2009, el subcomandante a cargo del frente de paramilitares ha impuesto un toque de queda en el lado colombiano y el ejército y la policía venezolanos intentan hallarlo entre los rastrojos. Lo buscan en medio de las palmas y los cocoteros del sector; lo buscan y no encuentran nada. Para algunos, el subcomandante ha dicho basta donde otros han guardado silencio. Para otros, no es más que un asesino de los muchos que formaban las filas de las Autodefensas Unidas de Colombia. Se dice que su cabello es negro y liso; levemente largo. Quienes lo buscan presumen que no tiene barba. Que no fuma y que no prueba trago. Que su piel es blanca-amarilla y que unos ojos negros se posan por encima de una nariz aguileña. Que tiene una leve cicatriz a la altura de la mejilla derecha y que suele hacerse la manicura. Algunos agregan que es zurdo y que está en los finales de sus veinte. Que es más o menos alto y que suele hablar siempre de pie y en frases cortas. El subcomandante y su ejército de combatientes han tenido al menos nueve direcciones diferentes de ubicación en el último año. Hay quienes los relacionan con el bloque Catatumbo de las Autodefensas Unidas de Colombia. Pero, esos no son más que rumores. Aquí nadie lo ha visto nunca; nadie lo conoce. Solo se otorgan a él las últimas bajas que han venido registrándose en la zona fronteriza; muertes de quien nadie sabe o ha escuchado nada. Cadáveres que han venido apareciendo desmembrados cada dos o tres días al sur de los ríos Jabillo, Grande y Carira.

En Puerto Santander hace un calor de los mil demonios y aquí donde ahora estamos, muy cerca de la línea imaginaria, como a unos tres kilómetros en puntos equidistantes entre los dos puentes, o, para ser precisos, entre los dos puestos de control para el acceso a Venezuela o a Colombia; al subcomandante a cargo y a sus hombres los venían persiguiendo dos comandos especiales del ejército colombiano y veinte soldados del batallón de infantería y quince más del teatro de operaciones venezolano y aun así no lograron «ponerles los ganchos». A tres de los soldados los picaron uno a uno y dejaron lo que quedó de sus cuerpos en las trochas y caminos verdes por donde a diario circulan mercaderías, víveres y enseres que se pagan en pesos. Gracias a ello, ahora tengo todo ese asunto del cambio del bolívar/peso en mi cabeza y olvido bien qué es lo que tengo delante de mis narices y Chuito me indica que es mejor que camine hacia el otro lado para no toparme con los tipos muertos que apestan y corrompen el aire. Su ayudante sorbe con ruido de una lata de cola que cuesta al cambio lo que me costó el desayuno en la pocilga de motel de porquería donde me hospeda el periódico, yo no aguanto el hedor y me vomito los pies. Me dicen que cuatro de los hombres del batallón de blindados que perseguían al subcomandante —a los cuales yo estoy buscando por su misteriosa desaparición hará dos o tres semanas— son esos que están parados a unos diez metros más adelante dando paso y recibiendo plata. No quiero preguntar por los demás, porque, los otros, he de suponer que son esos cuerpos carbonizados vestidos con uniformes camuflados cuyas chapas metálicas tengo justo delante de mis ojos. Alcanzo a leer los apellidos: Contreras, Zambrano, Casanova, Mora, y esto hace que me tiemblen las manos y me falte el aire.

—¿Qué pasó, licenciado? —le preguntó Chuito a Juan Ángel Villamediana que se mostraba descompuesto.

—Nada, nada —le respondió Juan Ángel Villamediana.

—¿Seguimos? —le preguntó Chuito con cierta preocupación al percibir su palidez y un leve zigzagueo al caminar.

—Sí, sigamos —le respondió Juan Ángel Villamediana.

Le informo: los soldados que quedaron vivos son ahora los responsables de vigilar el contrabando de combustible. Me han explicado que algunos distinguidos, cabos y sargentos organizan las colas y vigilan que todo aquel que cruza pague lo suyo; hay quienes afirman que son rehenes del subcomandante. Eso es algo que no se puede afirmar o negar. El dinero en efectivo que se recoge alimenta al sistema de pagos integrales que circula entre vendedores, revendedores, retenedores, jaladores, contrabandistas, pimpineros y gasolineros. Alguien presume que el subcomandante y sus hombres se encargan de cobrar una comisión por cada camión que cruza llevando en su carga latón, aluminio o chatarra. A su servicio están los otros seis reclutas que quedaron del batallón que estuvo a cargo del sargento con el que hablé en el lado venezolano a propósito del robo del parque de armas, porque, a los otros siete he de suponer que los fusilaron, los desmembraron y después los lanzaron a las quebradas que sirven al río. Así parece comprobármelo un perro que se pelea con uno de los gallinazos un brazo humano con reloj de pulsera… Aún no puedo ver al subcomandante a cargo. Sea lo que fuere, en este puerto sin mar, en donde ya salió el sol, abundan los mosquitos. Voy a esperar a que Chuito cambie la gasolina y arrancamos vía la carretera norte-sur para llegar hasta el pueblo, más tarde en el motel llamaré a mi editor y le diré que no es recomendable publicar esta nota.

Así pues, Chuito, su ayudante, y Juan Ángel Villamediana, se fueron de vuelta al pueblo y durante el camino el sol de la mañana se les reveló distante. Viajaron hora y media y llegaron al motel donde Juan Ángel se hospedaba. Juan Ángel se duchó, y poco después se dispuso a tomar una siesta. Horas luego se despertó sudando. Soñó que unos tipos le cuidaban el sueño parados detrás de la puerta, que otros dos estaban a ambos lados de la cama sentados en una silla de madera cada uno. Nervioso se cambió de ropa, salió a la calle y encendió un cigarrillo a pocos metros de la entrada de un bar. Eran poco más las siete de la noche y *La reina* de Diomedes Díaz le daba la bienvenida al cruzar el vaivén del bar «El País de las Mujeres». Juan Ángel Villamediana quería saber cómo era el asunto de las dos chicas muertas que encontraron desnudas maniatadas y con billetes de cincuenta mil pesos en la boca en la habitación seis en donde pasaron un rato con un hombre vestido con la camiseta del Deportivo Táchira que pagó en efectivo por el servicio y luego desapareció sin dejar rastro alguno. Se rumoraba que a aquel hombre lo acompañaban cuatro más que hacían las veces de escolta. Se dijo —incluso— que era un asiduo cliente que solía tratar de modo cortés a las empleadas; principalmente a las de origen colombiano.

—Ese era un tipo amable. De lo más educado —le dijo a Juan Ángel Villamediana uno de los borrachos que no paraba de hablar de lo ocurrido con las mujeres.

—Es más, compadrito, yo se lo digo a usted —insistía el borracho dirigiéndose en tono referencial a Juan Ángel—. Usted se ve que un hombre con estudio. Mire… —alcanzó a decir el borracho poco antes de ser sacado a rastras por el guachimán del bar.

—¡A ver, a ver! ¡Fuera! ¡Fuera de aquí! —Fue conminado quien acompañaba al guachimán.

Disculpe usted, licenciado, estos malditos borrachos siempre están jodiendo e interrumpiendo a los clientes —se disculpó el gerente del bar con Juan Ángel acercándose lentamente a la mesa desde la entrada luego de proferirle un par de insultos al informante de lo sucedido con las mujeres asesinadas.

—No se preocupe, no tenga cuidado —le respondió Juan Ángel Villamediana.

—La siguiente va por la casa, ¿eh? —remató el gerente y le hizo una seña al disyóquey para que le subiera a la música.

Allí, a cuarenta y siete kilómetros de distancia del cruce fronterizo, mientras la noche alcanzaba su clímax, Juan Ángel Villamediana construía en sus sienes mundos alternos y lanzaba los dados:

Aquí nadie es capaz de advertir que los ganaderos y productores han pensado en echarle plomo a la hueste de campesinos que reclaman por tierra, pasto, ganado y semillas para la siembra, y que ahora los peones y jornaleros marchan en fila a enfrentarse con los que están en la entrada de la hacienda El Paraíso entonando cánticos y gritando consignas que evocan la vieja guerra Federal tras la publicación de una nueva Ley de Tierras —pensaba.

Aquí, en el bar, hay dos tipos que me saludan alzando sus cervezas de jarro cuando me han visto entrar y, viéndolo bien, creo que se parecen mucho a los que me siguen los pasos y a los sujetos del sueño durante la tarde calurosa —se decía para sus adentros—. Imagino que estos son a los que mandaron a cuidarme —se explicaba.

Aquí, en este pueblo, ni Justo ni Carmelo —los dos viejos a quienes conocí cuando pasé ayer tarde por la plaza Bolívar— sospechan que en el cruce se alza un comandante, o dos, eso no se sabe con certeza —grababa en su mente Juan Ángel Villamediana como si un teclado de membrana hubiera sustituido a su placa frontal—. Allí, en «El País de las Mujeres», rodaba la pista de karaoke de *Distintos destinos* del Binomio de Oro —la nueva generación— y el enano Juan salía a hacer lo suyo y a llevarse los aplausos del público presente que lo aclamaría y le pediría que se lanzase otra canción.

~ Pactos ~

En El Paraíso dos mujeres han perdido la vida ahogadas en el caño y la menor de las hijas de José Venancio Duque se envenenó con herbicida. Hoy el río amaneció marrón-rojizo y la fila de jornaleros y ordeñadores en la hacienda está más larga que nunca. Marina Hoyos ha regresado a Colombia tras la desaparición del segundo de sus hijos, de quien se rumora se fue a servir en un frente paramilitar en la frontera hace más de un año, y el anuncio de que por aquí cerca se levanta un comandante obliga a que muchos obreros de los pocos que quedan recojan sus trastes, y a que peones y encargados regresen a casa. Hay mucho rumor y poca certeza en todo lo que se comenta entre ganaderos, productores, encargados, socios, propietarios y hacendados. Se escucha decir que ya en el Zulia extorsionaron a los Pirela. Que le han invadido la quesera a los Bracho. Que la hacienda La Carolina está tomada por un grupo de personas. Que quienes llegan a los falsos y a los portones parecen huestes; que caminan en tropel entonando cánticos y gritando consignas.

Yo he estado en la plaza del pueblo deambulando en aras de encontrar algunas pistas y me he detenido a escuchar a un par de viejos hacendados que suelen pasarse horas contemplando las palomas y a sus tórtolos bajo uno de los samanes frente a la catedral de San Pedro.

—¿Oítes lo que pasó?, Justo.

—No.

—¿No te enterates?

—No.

—Dizque en una de las haciendas de los Montiel se apareció un grupo de gente reclamando tierras; dizque se metieron a la fuerza y pegaron carteles y los peones les pidieron que se fueran y les respondieron con plomo.

—Ala, pero esa gente es bien bandida.

—Son unas hordas.

—¿Y qué vamos a hacer?

—Te llamo.

—Así quedamos…

Lo que tal vez aún ignoran don Justo y don Carmelo mientras hacen la ronda de las tres es que aquí el asunto se complicará semanas más tarde. La aplicación de una nueva Ley de Tierras pondrá en jaque a los productores y ganaderos de la zona. Miles de hectáreas pasarán a manos del Estado y es más real la amenaza de la expropiación de hatos y haciendas. Dicen que muchos de los lugartenientes al parecer no tienen los papeles en regla y esto le da al ejército un margen de maniobra nunca antes visto en épocas de la

Reforma Agraria en los tiempos de Rómulo Betancourt. Lo que no saben don Justo y don Carmelo mientras conversan es que su entrañable amigo el Dr. Paolini ha muerto en manos de un parrillero motorizado que le pegó dos tiros mientras el Dr. retozaba a sus anchas viendo jugar a sus nietos con una pelota gigante en el medio de la piscina de la hacienda El Paraíso. Lo que no sospechan don Justo y don Carmelo es que del otro lado del río se levanta un comandante, o dos, eso no se sabe con certeza.

- El siguiente de los números ha sido discado -

A los pocos meses del asesinato del Dr. Paolini, de este lado del río, como a las once de la mañana, se reunieron en la Asociación de Ganaderos los dueños de finca con los productores de leche y quesos de la zona. Les urgía decidir en conjunto una salida pronta a la crisis que tenían. Ya no solo poseían como enemigos comunes a los rateros de baja ralea o eran víctimas de los que aún practicaban el abigeato o debían temer por la guerrilla y los paramilitares que los secuestraban y los extorsionaban, encima, y para colmo de males, por esos días, habían sumado un enemigo más astuto y sagaz; uno que los emparentaba y los obligaba a hermanarse: el Estado. Algunos recuerdan que era octubre del año 2009 y hacía calor. Dentro del local reinaba un bullicio y afuera un hombre de unos cuarenta años se bajó de una camioneta; caminó rápidamente hasta la puerta de la Asociación, y al verlo entrar todos los presentes bajaron la voz. El sujeto se arremangó la camisa a cuadros, miró a dos hombres que lo acompañaban, les hizo señas indicándoles que todo estaba bien, y acto seguido se dirigió a los presentes.

—Señores, yo lo he estado pensando mucho y esto tiene una sola solución. Vamos a tener que contratar a una gente que en el otro lado y en la isla de Betancourt ha resultado eficiente en estos casos. Vamos a dejarnos de medias tintas y vamos a ponerle fin a todo este problema que, como ustedes saben, ya cobró una vida en mi familia y yo tengo que cargar con todo el peso del asunto. Mi mujer y mis hijos me piden justicia y yo llegué a la conclusión de que, si nosotros continuamos discutiendo y discutiendo, esto va a seguir y un día de estos al que ustedes van a ir a enterrar al cementerio es a mí...

—Pero, Anselmo, ¿acaso te volviste loco? —lo increpó uno de los asistentes.

—Yo no me he vuelto loco, compañeros... —respondió Anselmo Marcuzzi de modo tajante provocando un brevísimo silencio que permitía percibir el vacío de la nada de afuera del local en donde un sol marchitaba los pastos y quemaba las flores.

Poco luego, alguien decidió intervenir y los demás hombres en la sala hablaban entre ellos, lo que impedía escuchar con claridad lo que se decía. No obstante Anselmo Marcuzzi volvió a la carga y dijo:

—Ustedes me eligieron para poner orden en este pueblo y eso es lo que vamos a hacer, porque yo solo no puedo con este problemón que ahora tenemos encima...

—Sí, Anselmo, lo sabemos, pero, lo que propones es suicida —lo interrumpió un hombre mientras los demás asistentes discutían, algunos alzaban la voz y otros gritaban.

— ¡Señores! —gritó Anselmo Marcuzzi y el eco de su gañote de barítono plenó la sala.

—Ya va, ya va. Yo les pido un poco de orden —recomendó el secretario de la asociación que intervino en aras de darle cierta organización a la charla que poco a poco adquiría un tono airado.

—Señores: en Tres Islas, Orope y Castellón esta gente tiene controlados y a raya a todos los que se dedicaban al contrabando y al robo. Han peinado esa zona. Hasta el ejército y la guardia se metieron en cintura —señaló Marcuzzi.

—Anselmo, disculpe —lo interrumpió Ramón Duque, un productor afamado, quien era uno de los accionistas del Banco de Fomento, —¿puede explicarnos de qué se trata todo este asunto de la gente esa que menciona? —preguntó.

—Sí, Ramón, claro, con mucho gusto —le respondió.

—No dude que usted cuenta con mi respaldo y el de los demás socios del Banco, a quienes represento y por quienes hablo —dijo Ramón Duque.

Mientras Ramón Duque hablaba, el silencio se hacía cada vez más presente tal como si el pago y el asunto de los billetes que había que poner de parte de cada uno fuese un asunto definitivo para la toma de las decisiones.

—Compañeros, si el señor alcalde dice qué es lo que tenemos que hacer, lo hacemos y punto —continuó Ramón Duque —porque, ¿qué más vamos a hacer?, ¿para dónde vamos a coger? Estas autoridades han demostrado que les simpatizan los guerrilleros, fíjense que en mi secuestro fue el propio Estado el que intervino, y me liberaron, sí, claro que sí, pero, ¿y ahora? ¿Qué vamos a hacer ahora?

—Pero, don Ramón —intervino otro productor—, ¿cuánto nos va a costar eso?

— ¡Ay, don Justo! Usted no se preocupe. Eso va a salir. Eso va a salir, ¿no me diga que usted no guarda nada bajo el colchón? —lo conminó Ramón Duque, a lo cual la sala nuevamente se alborotó.

El secretario trató de calmar los ánimos, mientras Anselmo Marcuzzi se preparaba para volver al ruedo:

—Señores, la cosa es así: o estamos unidos en esto y le hacemos frente, o la vaina se nos sale de las manos.

—Sí, Anselmo, pero entienda, no todos tenemos los recursos —señaló otro asistente.

—De eso nos vamos a encargar nosotros —respondió Ramón Duque.

En la sala se guardó un silencio breve. Anselmo miró al secretario, los dos hombres que estaban parados en la entrada del salón movieron una caja, el secretario la tomó, y acto seguido dijo:

—Aquí van a depositar los votos. El voto es secreto. Tenemos una hora para decidir. Pongan SÍ o NO. Entretanto, Justo y Carmelo cuchicheaban el uno al lado del otro sentados en primera fila mientras, uno a uno, los miembros de la Asociación de Ganaderos depositaban su voto.

—¡Ala, Justo! Yo no sé a usted, pero a mí esa vaina de los campesinos pidiendo tierra me tiene muy preocupado.

—Tranquilo, Carmelo, ahora con la gente que trajo el doctor Marcuzzi y, con él al frente de la alcaldía, las cosas van a cambiar.

—¿Y qué es lo que van a hacer con toda la plata que se recoja?

—Usted ya sabe: pagarle a la gente.

—¿Y esos tipos de dónde son?

—Unos de aquí. Otros del otro lado.

—¿Son colombianos?

—¡Guerreros, Carmelo! Los que necesitamos.

—¿Y son de fiar?

—Están entrenados.

—¿Y si se quedan?

—¡Ah! ¡Qué se van a quedar! Esos vienen, limpian y se van.

~ Otro de los números ha sido discado ~

Yo conduzco por la carretera y repaso mentalmente las notas del día que fuimos al cruce fronterizo. De este lado del río, los Carrascal aún tienen su casa y John Jairo —aquel de mis recuerdos de El Paraíso— pronto terminará la universidad y ya me advirtió que se va a asimilar a la Guardia Nacional. Su hermana María José ha dado a luz a una segunda niña y don Samuel cose suelas de tenis deportivos mientras su hija menor tiene en la casa una litera en la que recibe a huérfanos y a desharrapados. En Cúcuta, llueve desde hace dos días y hoy el primo Julián se ordenará de sacerdote en el seminario Mayor. Mientras tanto, en este puerto sin mar pasa que la tarde es gris y cálida. Ya ha pasado harto tiempo desde que los jornaleros comenzaron a irse de la hacienda El Paraíso —o a que los fueran, como dice Chuito—. Como muchos, deberán fabricarse otra vida y otra identidad. Todo es mejor a continuar viviendo así, entre lisiados y discapacitados que son llevados al otro lado del río y puestos en manos de los insurgentes que se han movido hasta este lado de la frontera...

—¿Aló?

—¿Aló?

—¿Juan Ángel?

—Sí, lo escucho.

—Hermano, déjese de darle tantas vueltas al asunto, Juan Ángel ¡Olvídese de esa maldita crónica de Tierra Mala! —le dijo el editor.

—Hermano, pero, ¿qué hago? Todo esto lo tengo revuelto —le respondió Villamediana.

—Concéntrese en hacer el fulano reportaje o nos va a meter a los dos en un problemón.

—Pero, hermano, ¿qué quiere que haga? En eso estoy... —alcanzó a interrogarlo Juan Ángel antes de ser interrumpido por el editor.

—Yo pienso publicar la fulana lista esa que viene rodando desde hace días. ¡Cuídese! —lo interrumpió el editor y colgó.

~Profilaxis social~

Aquí, en este pueblo, muy cerca de aquel puerto sin mar en el departamento del Norte de Santander, hace un tiempo se escuchó decir que se alzó un comandante. Algunos recuerdan que era Jueves Santo y hacía calor. Debajo de un guayabo y sobre un piso de tierra, doña Matilde pelaba la yuca, partía las papas y picaba las verduras para el sancocho. El calor propagado por las paredes de lata del rancho y los vapores que expelía el pozo séptico, se atenuaban un tanto con el humo y el olor del bagre salado colgado de una de las vigas de tablón viejo que sostenían el desvencijado techo. Su hijo Ramoncito, alias «Huevo Frito», había estado hasta muy tarde la noche anterior con tres hombres en una licorería bebiendo cerveza. Desde hacía días ya se le venía advirtiendo que unos tipos vestidos de negro lo andaban preguntando en el billar, y que, esos mismos carajos, no comían cuento. Pero ahí andaba, camisa arremangada y pecho abierto, luciendo un Cristo de oro que le colgaba del cuello. Nada más que apareciera su nombre en la lista y listo: bolsa en la cabeza, dos balazos y pa'l río. De todo eso me enteré cuando anduve por el barrio «Los Pitufos», muy cerca de donde dicen que encontraron a un hombre maniatado a la altura de los codos, sin manos y sin cabeza. Todavía no sé por qué aún no logro entender qué es lo que pasa. Esta mañana ha salido en la prensa una de mis primeras notas para una eventual columna que busca informar sobre hechos curiosos que vienen registrándose en los municipios fronterizos. Reproduzco aquí la nota que le envié a mi editor *in extenso*:

Todo parece advertir que esta noche, cuando el campanario de la catedral de San Pedro anuncie las diez, será la última que compartirán con nosotros en el mundo de los vivos los notificados. Una copia del aviso lo trajo hasta la cafetería un niño descalzo, que tendrá —cuando mucho— unos nueve años. La lista incluye por igual a hombres y a mujeres. Se les acusa de cuatreros, jaladores y robagallinas. Se les señala de contrabandistas de carne y de rateros. Son llamados por sus alias y por sus nombres y apellidos. El despachador de la cafetería la lee con cautela y la cierra rápidamente mientras la dobla. Me sirve un café hirviente y no me cobra: —«Va por la casa» —dice. Poco después, con voz temblorosa, me recomienda que me vaya; que yo ando buscando lo que no se me ha perdido, dice. Que deje eso así, que, si llegan a pedirme plata, pague. Que a él lo cuida y lo protege «La Gente». No le pregunto quiénes son. Solo le pido la lista. Se niega. Tras insistirle, me la da, no sin reparos. Se aleja hasta la plancha sanduchera y finge que corta algo. Vuelve y se me acerca. Quiere que me vaya. Creo que me confunde con otro. Le digo que no. El hombre va y viene. Insiste y me pregunta si quiero unos huevos revueltos. También respondo que no. Me dice que es por mi seguridad, que tengo que disimular. Cedo. Los prepara en un santiamén. Los pone sobre la mesa con dos guarniciones: pan dulce en bolita y un tajo de cuajada fresca. Le pido otro café. Sorbo un par de tragos y, segundos después, entra un hombre con lentes oscuros y pantalones de yin. El tipo se para frente al mostrador y se ajusta el pantalón halándose de los ojales traseros. Revisa su cremallera y da un saltito. Se acerca a la caja y recoge un sobre que el despachador pone sobre el mostrador. No median palabra. El hombre se despide de mí inclinando levemente la cabeza, tomando ligeramente su sombrero por el ala. ¡Tiene que irse, señor!, insiste mi anfitrión. Al pobre las manos le sudan, la frente le arde. Soy el único esta mañana en el local. Me levanto. No pruebo bocado y dejo dos billetes marrones sobre la mesa. No veo al despachador. Afuera hay dos niños. Los carajitos viran la mirada cuando me ven salir. Camino al motel, leo en la nota una advertencia precisa: «tienen 24 horas para abandonar el pueblo o tendrán que atenerse a las consecuencias». Salió ayer. La norma hace suponer que el plazo se vence hoy, al mediodía. La firma el comandante Ciro y la acompaña un logo que tiene dos águilas y dos fusiles negros cruzados. Esta operación es parte de la llamada profilaxis social o limpieza, según reza el texto. Llego al motel y reviso sendos reportes periodísticos que incluyen datos de hechos similares que aún «están siendo investigados». Alguien me sigue y ya es mediodía. No obstante, nadie ha visto ni escuchado nada. No saben. Esas son las respuestas que se repiten en cada uno de los cuestionarios y en cada una de las entrevistas que reviso. ¿Quién es el comandante Ciro?

~ El segundo número par ha sido discado ~

El alcalde Anselmo Marcuzzi también ha leído la nota en la que se advierte a rateros, ladrones, truhanes y pelafustanes de lo que les pasará si se quedan en el pueblo y no se van antes de que se les venza el plazo de veinticuatro horas, y minutos después ha llamado al padre David desde su oficina.

—¿Aló? ¿Padre David?

—Sí, ¿cómo está alcalde? ¡Dios lo bendiga!

—Amén, padre, amén. Padre, ¿tiene tiempo de recibirme?

—Sí, cuando guste.

—Voy ahora mismo.

Anselmo ha salido solo. Ha conducido unas seis cuadras en su camioneta desde la sede de la alcaldía hasta la iglesia. Se ha estacionado dentro de la casa parroquial, ha entrado sigilosamente por detrás del sagrario del templo para evitar ser visto, y se ha ubicado de rodillas frente del confesionario. El padre David ha abierto la cortina y poco después ha dicho:

—Ave María Purísima.

—Sin pecado original concebida.

—A ver, hijo mío, dime qué quieres contarle al Señor.

—Padre, no sé qué hacer. Pídale a Dios que me ilumine.

—Seguro estoy de que el señor oye tus suplicas.

—Padre, el asunto se nos salió de las manos. Nosotros armamos a esos tipos para enfrentar a los bandidos y ahora estos se adueñaron del pueblo.

—Hijo, seguro estoy de que Dios opera a través de ti. Nada impropio has hecho que no te haya sido encargado.

—Padre, nosotros no queríamos llenarnos las manos de sangre. Solo queríamos ayudar a este pueblo y seguir produciendo más leche y más carne.

—No olvides que las Escrituras nos enseñan que duras son las pruebas a las que el Creador expone a los hombres para probar su fe y su temple. No pierdas tu fe. Yo oraré por ti y por los tuyos para que el Altísimo les ilumine en su obrar.

—Amén, padre.

—Vas a rezar dos padrenuestros y dos avemarías. Ahora un acto de contrición…

—Jesús, mi Señor…

Anselmo ha abandonado el confesionario y se ha marchado del templo por la puerta de la sacristía. En la cuarta banca de una de las naves laterales, justo en diagonal al vitral en el que se escenifica a Jesús en la vía Dolorosa con Verónica y su velo, están sentados don Justo y don Carmelo que cuchichean y se susurran cosas al oído. El padre David viene saliendo del confesionario y camina en esa misma dirección.

—Buenas tardes, padre.

—Buenas tardes, don Justo. ¿Y a usted cómo le va, don Carmelo?

—Bien. La cosa está difícil, pero tenemos salud.

—Sí, ¿no? Debemos darle gracias a Dios.

—Amén.

—Amén.

—Padrecito, yo quería hacerle una pregunta.

—Con gusto, Don Carmelo.

—¿Dónde compró la camioneta, la Toyota 4Runner? Está muy bonita.

—Don Carmelo, no es mía, es de la parroquia.

—Ah, mire usted.

—Fue una donación del doctor Marcuzzi.

—Buen hombre, el doctor.

—Sí, buen hombre.

—Su ahijada Eva María se está preparando para el noviciado.

—Ahora vamos también a tener una monja.

—Dios bendice a este pueblo.

—Amén.

—Amén.

—Los dejo. Debo ir de nuevo al confesionario.

—¡Vaya con Dios, padre! —le desearon los dos viejos al sacerdote que se alejó de las bancas del templo en donde estos estaban sentados susurrándose cosas al oído.

—¿Has visto, Justo?

—¿Qué?

—La ahijada del doctor Marcuzzi se está preparando para recibir a Cristo, ¡Ave María Purísima!

—Sí, claro, pero mientras llega Cristo la atiende el padre David.

—¡Dios mío! Calle esos ojos, compadre, mire que estamos en el templo del Señor.

—La casa cural también es parte del templo del Señor.

~ Daños colaterales ~

La tarde avanza lentamente y Chuito me ha dicho que han preguntado en el puesto de policía a todos los presos si conocen o no al Huevo Frito. El Carlitos ha dicho que sí, pero oculta parte de la información. Le ha dicho al sargento que lo conoció cuando él fue a la escuela estadal a cursar el segundo grado después de dejar La hacienda El Paraíso. También le ha contado al sargento Ramírez que se vieron en el bar, hace dos días, y que le advirtieron que unos tipos vestidos de negro lo andaban preguntando.

—¿Usted conocía al occiso?

—Sí, sargento.

—¿Hace cuánto lo conocía?

—Como unos veinte años, más o menos.

El Carlitos está muerto de miedo. Piensa que en cualquier momento van a venir los hombres vestidos de negro y le van a caer a plomo al comando.

—Sargento, usted no sabe qué pasó. Yo llegué ahí y recogí a la vieja.

—¿Y qué pasó? —se interesó el sargento desde su oficina.

—Yo llegué y los niños estaban llorando —dijo el Carlitos alzando la voz—. Resulta que cuando doña Matilde levantó la tapa de la olla para darles un plato de sancocho a los tipos, no imaginó que sacaría con el cucharón los dedos y los ojos de Ramón. Le dijeron a doña Matilde que ellos lo iban a esperar. Que habían traído costilla y que la iban a poner en la olla. Uno de esos manes hasta jugó con uno de los niños, mientras el otro le echaba al sancocho la cabeza y los dedos del Huevo Frito.

Después del cuento de Chuito, encendí la radio y, mientras escuchaba *La cumbia* del Indio Pastor López, la voz de un hombre, que tendrá cuando mucho treinta años, apareció repentinamente y dijo: «Yo soy el comandante Ciro, un hijo de las calles de este pueblo. Nuestro ejército de combatientes logrará sus objetivos. Pueden estar seguros de que después de esta noche no habrá quién les quite lo que es suyo. Tampoco quién los despoje de sus animales o los obligue a abandonar el campo. Cada comerciante tendrá que seguir dando las *colaboraciones*. Aquí todo el mundo debe entrar en cintura. Les guste o no a la guardia y a la policía, aquí mandamos nosotros. Sepan todos los que me escuchan que nosotros somos la ley».

De buena fuente me han contado que el alcalde Marcuzzi también lo escuchó y que fue a hablar con el gobernador Méndez Paz porque esta es una señal que viene interfiriendo el dial de la FM comunitaria 103.4 y ya es como la quinta vez que se interrumpe la programación.

—Mire, yo no sé cómo va a hacer usted, señor gobernador, pero tenemos que sacar esa maldita señal fuera del aire —señaló Anselmo Marcuzzi.

—Señor alcalde, esa es una repetidora de la señal de una emisora que opera del otro lado de la frontera —le dijo Méndez Paz en un tono suave y sin crisparse.

—Sí, eso lo sabemos, señor gobernador —le contestó Anselmo Marcuzzi.

—Y nosotros… —trató de decir el gobernador cuando fue interrumpido por el alcalde.

—¡Nosotros, mis cojones! —lo interrumpió Anselmo, airado.

—Señor alcalde, cuide su lenguaje —le advirtió Méndez Paz en tono jerárquico.

—Mire, mire, yo puedo entender que a algunos les sean simpáticos o le parezcan agradables los otros tipos —insistió desesperado Anselmo.

—Señor alcalde, hágame el favor —lo increpó Méndez Paz.

—Pero, señor gobernador… —alcanzó a decir nada más Anselmo Marcuzzi.

—Discúlpeme, tengo que atender a los demás alcaldes —concluyó Méndez Paz, quien caminó hasta la puerta que comunica a la sala del despacho privado con el salón de reuniones.

—Buenas tardes, señores alcaldes —dijo el gobernador Méndez Paz al entrar a la sala contigua donde estaban reunidos los demás alcaldes esperando por el encuentro semanal de evaluación de la gestión municipal.

—Buenas tardes, gobernador —respondieron los presentes.

74

El impar de los números ha sido discado

Yo escucho al comandante Ciro entre asombrado y curioso, me cambio de ropa, salgo del motel, y camino hasta el salón de billares. Hoy es el día; el plazo se venció. Son como las siete y media de la noche y tres mujeres entran a una de las salas del billar y sacan arrastrando a uno de los convocados. Nadie se mueve. Mi contacto me habla con los ojos y agacho la mirada. Solo el enano Juan erra la bola trece que se desliza por el piso en el instante en que el Robocop es jalado por los pies por dos de las féminas y la tercera le cubre el rostro con una bolsa negra de polietileno. Afuera, una Toyota 4Runner las espera. Abren el maletero y lo arrojan dentro. A cien metros del billar, el caporal de los Paolini, José Venancio Duque, cierra la tolva de la Chevrolet después de bajar una cesta de quesos y un parrillero motorizado le descarga la pistola Taurus Pt92. En el polideportivo que construyó Marcuzzi durante el primer año de su gestión es la altura del octavo episodio, uno de los primos de los gemelos de Marina Hoyos toma su turno al bate, abanica una bola baja del zurdo Henry, el público asistente celebra el ponche y el círculo del prevenido se tiñe de rojo con la sangre del Car'e Niña que sale del *dugout* a pasos quebrados sosteniéndose la barriga con las manos. Esta noche no habrá juerga postvictoria de los locales en «El País de las Mujeres». Esta noche caravanas de coches sedán y camionetas F-150 con vidrios ahumados patrullan veredas, barriadas y calles polvorientas. Nos movemos hacia otro lado del pueblo y un mar de fondo y silbidos agudos conforman los sonidos del intro. Acordeón, caja y guacharaca los acompañan. Una voz irrumpe de súbito y los presentes comparten su pesar y corean su llanto: «Déjame seguir contigo /que yo no puedo vivir sin tu amor». Nadie sospecha qué pasa afuera, nadie. De dos cajas de madera en lo alto de las esquinas suena *Tarde lo conocí* y Patricia Teherán clama por «la esperanza de poder tenerlo y poder sentir su piel». El sargento Darío le echa la mano a la entrepierna de Xiomara y ella lo habilita y le propone avanzar apretando su cara hacia los senos. *Señora* de Otto Serge hace entrada triunfal y la noche alcanza el clímax. Sargento e inspector alzan sus jarros desde mesas contiguas y una danzarina se pega el muñón izquierdo en el pecho cerrando los ojos al son de *Ceniza fría*. Bullicios a las puertas del bar impiden que un capitán de la guardia escuche lo que del otro lado del radio emiten los sargentos Carlos Flórez y John Jairo Carrascal. Es una transmisión que requiere cambios constantes de frecuencia de la que solo ruidos y detonaciones lejanas se alcanzan a oír. Cerca del bar, suena un bum-bum y los perros enloquecen despertando a los vecinos. Ningún curioso se asoma. Solo se escucha el chinchín de los vidrios y persianas a las que abren y cierran con cautela. En una de las veredas del pueblo, Eddy baila el *Tiempo de vals* de Chayanne, y cuatro hombres armados con chalecos antibalas vestidos de cuero negro y con mini Uzi irrumpen en el salón comunal y se llevan a un primo y a un tío de la quinceañera luego de propinarles sendos golpes en la nariz y en la frente y el piso se cubre de rojo líquido. La música no para. Estoy a unos metros y aprecio que el cuerpo abaleado del Joselito desciende en caída libre desde el puente colgante y al Car'e Muerto le amputan las manos y lo lanzan al caño que se empoza en el balneario La Cueva del Oso. Son apenas poco más de las ocho de la noche y ya cinco cuerpos adornan el puente nuevo sobre el río Carira. A mí ya se me curó lo del vómito y esta vez me acompaña Marcelino además de Chuito.

Más tarde, voy hacia el hospital y veo al Bobby ladrándole a la cabeza de Moncho el latonero y al Copito rascándose las pulgas en la puerta de la sala de emergencia del ambulatorio. Noto que el doctor José Naoaki Shiozawa fuma vehementemente.

—¡No podemos, doctor! ¡No podemos! Grita una enfermera guapísima que me ve y me pide que me haga a un lado y deje de estar tomando fotos y preguntando cosas. Perdón, le digo. Además, uno de los heridos me ha dicho que un afamado comisionista llamado Arsenio Cárdenas roncaba en bola a sus anchas en un chinchorro mientras en la FM sonaba *Amarte más no pude* de Diomedes Díaz, y la parca se acercó rozándole las narices. Su suerte está echada, dos pepazos le cegaron la vida: uno en el pecho y otro en la frente.

Esta noche a nadie confunde. Esta vez no habrá segundo chance. Vuelvo al bar a buscar mi carro porque me llevaron hasta el río para que viera la vaina, de los muertos colgando mientras el CD de éxitos rebobina: «Y hoy ves mi corta vida acabar / Y tú, me estás dejando morir / No sé, porque te vas a olvidar / De aquel, amor que te di...

Déjame seguir contigo, contigo, contigo…». Y sargento e inspector corean los versos.

Nosotros nos fuimos, no pudimos estar más allá en «El País de las Mujeres» por miedo a que lanzaran un cohetón o qué sé yo y quedáramos hechos pedacitos. Ahora estamos cerca de la catedral de San Pedro y sucede que es temprano y el saldo ya son cuarenta. Es la noche de un Sábado de Gloria y hace calor. La iglesia reúne a sus fieles junto al sepulcro. Aguardan con celo la victoria del Hijo del Padre sobre la muerte. Allí dentro ignoran que la estación policial está sitiada. Menos, alcanzan a escuchar las ráfagas que como a unas seis cuadras impactan el cuerpo de Juvencio, el chichero. En el templo los fieles oran y se persignan. Son como las diez menos quince minutos de la noche y Marcelino me dijo que los seis detenidos de los calabozos fueron uno a uno masacrados por cuatro hombres que se movían en motocicletas de alta cilindrada. Los distinguidos Delgado y Ochoa han pasado a mejor vida por tiros de gracia. Las vísceras del cabo Martínez alimentarán a los gallinazos que se riñen la basura.

~Noche larga~

Domingo de Resurrección. Marquitos creció, y por eso le aprietan los mocasines negros y su mamá solo lo apura para ir a misa de diez. Es lo que alcanzo a escuchar que le dice una tierna madre a su hijo en la casa que está al lado del motel. Salgo, me acompaña Chuito. No tiene gasolina y me recomendó a un amigo suyo para el viaje, vamos hacia las afueras del pueblo, a la hacienda El Paraíso. Debo ir a buscar unas cosas que dejaron allá para mí. «Van a tener que hacer una fosa del tamaño de un campo de fútbol», dice mi chofer, un exjornalero al frente del volante de un Fairlane 500 con el que a veces se gana el pan haciendo de pirata y en el que lleva gasolina hasta el paso fronterizo. Por el camino me pregunto cosas y al mismo tiempo me respondo: pero, hombre, tranquilo, aquí anoche no pasó nada, eso fue lo que afirmó el comandante Ciro, quien apareció de nuevo en el dial después de las once de la noche y recomendó a los pobladores que se guardaran en sus casas o que esperaran en el templo el tiempo que durara la limpieza. «Aquí no pasa nada. La operación ha sido un éxito. La justicia y la paz reinan en el municipio a partir de ahora», dijo. El comandante hablaba, y tal como si se tratase de una escena de un wéstern protagonizado por John Wayne, narraba que una banda de siete cuatreros fue asesinada y sus cuerpos clavados en las estacas y en los leños que sostienen las cercas que delimitan los predios de la hacienda El Paraíso con el matadero Industrial. Sucede que el reloj marcó las once y fueron menos los vivos. Nadie cree que la guardia o el ejército harán algo. Este fin de semana han sido sesenta y dos los muertos, pudieron haber sido más. Ya pasarán la lista para tachar a los inasistentes. No sé quién es el comandante Ciro. No los conozco, no sé quiénes son. No he escuchado nada. Me dice todo aquel que interrogo: «¿Quién es el comandante Ciro?».

«A los hombres los dejaron ahí», dice Chuito, mientras apunta con sus labios fruncidos hacia un matorral.

Entro a la hacienda, recojo las cosas y nos vamos de vuelta al motel.

~Noche de insomnio~

Amanece, es lunes, Chuito se fue como a las dos de la mañana, Marcelino me trajo unos cambures y una cuajada. Yo he abierto semidormido la puerta de la habitación seis que está en el primer piso del motel para tratar de correr a un perro que aullaba y no me dejaba dormir, y me he encontrado para mi sorpresa con el cadáver de un hombre. Alcanzo a ver al quitarle el sombrero que no tendrá más de veinticinco años, al menos eso es lo que presumo. Lleva puestos una franelilla blanca y unos pantalones azules. Miro a mi alrededor y aquí no hay nadie más. Estamos él, el perro y yo. El hombre en silencio, el perro haciendo escándalo, y yo de pie mirando fijamente el cadáver al tiempo que trato de reparar sobre la hora que marca su reloj de pulsera: las siete y doce. Reviso y compruebo que es la misma hora que tiene el mío. Desplazo mi mirada hacia los pies del cadáver y alcanzo a notar que tampoco tiene zapatos; que solo uno de sus pies está cubierto por una media amarillenta que tiene a medio poner. Avanzo a pasos cortos por encima de él y al acercarme tropiezo con unas de sus piernas y tras la caída observo que el perro se viene en carrera aullando por la escalera metálica. Se nos acerca; tiembla y gime al lado del tipo. Creo que se lamenta; parece llorar. Segundos luego ladra, y por instantes emite aullidos y ladridos intermitentes. Aquí no hay más nadie. El perro es marrón y de cola cortada; tiene un collar rojo y una chapa metálica. La tomo con cuidado: Pastor, reza su nombre. ¿Te llamas Pastor? Le pregunto. Ahora el animalito también se queda callado y bate su colita cortada. Aquí no hay ruido alguno, y es tal la mudez del sitio que alcanzo a percibir el aleteo de las abejas que polinizan las cayenas de colores del patio contiguo a la habitación; hasta creo oír que algo quebró un cristal en la parte baja. Pastor entra conmigo a la alcoba y yo llamo a la recepción para saber qué pasó y nadie responde. Salimos un segundo luego; yo reviso al hombre y noto que tiene la mano derecha agarrotada. Me agacho para ver qué pasa, Pastor se lame una de sus patas y al lamerse gime de nuevo; lo reviso cuidadosamente y alcanzo a ver que también está herido. Busco una de las toallas que tengo en la ducha y lo limpio. Vuelvo sobre el cadáver mientras el perrito me jadea cerca del cuello. Cuando abro no sin cierta dificultad la mano del hombre, observo que hay dentro una bolita de papel un poco arrugada y sucia. La tomo, la estiro y la pongo enfrente de mis ojos y miro hacia los lados desde la baranda. «Váyase», eso es lo único que dice.

~Llamada en espera~

Como a unos mil trescientos metros de distancia de la entrada de Veradales, justo a la altura de la carretera de piedra de ingreso a la aldea El Carira, una camioneta doble cabina y seis hombres armados y con pasamontañas impidieron el avance del licenciado Villamediana quien conducía pensativo y distante escuchando el dial de la Radio Nacional de Colombia 93.4 FM. Eran pasadas las doce del día del lunes después del Domingo de Pascua y hacía calor.

—Hágame el favor y se baja, licenciado —le dijo uno de los hombres armados que le apuntó directo al parabrisas del coche. Juan Ángel dejó el carro en marcha y se bajó.

Acto seguido, otro de los combatientes se subió a su coche y se puso detrás de la camioneta en señal de espera de la orden para avanzar. Juan Ángel se montó en la cabina y uno de sus captores le ordenó:

—A ver, póngase esto, licenciado. No debe tener miedo de nada —sentenció.

Tras finalizar, otro de los milicianos vestido con camisa negra y con pantalones verdes se le acercó y le vendó los ojos. Sentado en silencio y a ciegas viajó por más de dos horas por caminos y camellones de tierra. Una hora más tarde, la picop se detuvo, lo bajaron, le acercaron una silla de madera con espaldar y posaderas de cuero de ovejo seco y allí pasó largo rato. Luego, cerca de las tres de la tarde, otro soldado vestido con uniforme camuflado le quitó la venda y le dijo que el comandante no podía verlo. Poco después lo subieron de vuelta a la camioneta y lo dejaron a las orillas del río Grita. El licenciado descendió por el curso del afluente del río Táchira en una canoa que le proveyeron los tres miembros de la tropa, bordeó la frontera tachirense que colinda con Colombia y, cuando llegó al otro lado de la orilla, vio otro samán: un precioso árbol centenario que derrama sus hojas y cubre los humedales que son el hogar de armadillos, lapas de montañas y de busatecos que asfixian a los perros de caza con sus lenguas alargadas y viscosas. El licenciado recorrió a pie dos kilómetros de monte y de matorrales adentrándose por entre la selva húmeda, superó los abismos, sorteó las hondonadas y tras salir a la explanada en el caserío El Tamarindo divisó, a unos quinientos metros, su Chevrolet Steem con Pastor adentro. Subió a su coche, lo puso en marcha y atravesó Orope, pasó por el kilómetro 16, alcanzó Tres Islas y en La Fría tomó la autopista con rumbo a San Cristóbal. La otrora villa de la cordialidad en donde también circulan las listas de la muerte y ya varios locutores y periodistas deportivos han sido amenazados.

~Códigos morales~

No tuve a quién pagarle en el motel, conduzco por la carretera de vuelta a casa después de semejante susto y estimo que mañana por la mañana iré al periódico a entregarle a mi editor todas las notas que he ido escribiendo para que las publique en los suplementos de los próximos fines de semana. Hay material como para armar una sección que podría titularse «Díptico de la frontera». Apago la radio en la que sonaba *Pecadora* del Indio Pastor López, miro por el retrovisor a Pastor que va sentado atrás con la lengua afuera jadeando de sed, y no sé por qué siento que desde que salí, por toda la vía Panamericana, reina un silencio rotundo que semeja decir que nadie sabe por qué suceden estas cosas en aquel puerto sin mar.

Me causa curiosidad cómo casi nadie alcanza a advertir por qué la matazón, por qué desde hace meses el miedo se les metió en las casas y ha hecho patente que en algunas mañanas serenas las aguas de los ríos alteren su curso y ensanchen sus cauces y lo que arrastren corriente abajo sea sangre y vísceras, zapatos y sombreros, piernas y brazos de hombres y mujeres. Sé que esta vez me invitaron a irme. Sé que no puedo hablar con Ciro. Allá se sospecha que pronto se alzará otro comandante; o dos, eso es algo que no se puede afirmar o negar. ¿Quién es el comandante Ciro?

~ Un solo disparo ~

Han pasado tres meses y han enviado otra vez al licenciado Villamediana a cubrir qué pasa en aquel puerto sin mar. Alguien le dijo que hace once días llegó un capitán del ejército con sus hombres pasadas las nueve de la noche a la vereda donde le habían dicho que supuestamente estaba enconchado el comandante Ciro con doce de sus combatientes, y lo que se escuchó después fue un estruendo. Se oye decir de propios y extraños que poco luego de que se dieran cuenta los vecinos de que unos tipos vestidos de negro merodeaban el lugar, se oyó un tiro seco y grave al que siguió el rebote de una masa que descendió desde una platabanda y se estrelló sobre un latón y despertó a los perros y alborotó a las gallinas. El oficial a cargo salió a calmar a los vecinos que se despertaron de súbito: «¡Fue un solo disparo! ¡Fue un solo disparo!» —cuentan que dijo.

¿Quién era, en realidad, el comandante Ciro? Eso es algo de lo que no tenían certeza.

~El capitán Pérez Pérez~

Juan Ángel Villamediana se enteró poco después de que hacía un mes que el capitán había sido enviado desde Caracas y el día que llegó, dos convoyes le hicieron rueda en el campo deportivo donde semanas antes le habían propinado doce puñaladas en el estómago al Car'e Niña. El patín rozó seguro en tierra y unos treinta hombres armados con FAL, AK - 47 y granadas de mano se agruparon alrededor del aparato para resguardar la seguridad del hombre que descendió desde las alturas en un helicóptero ruso que piloteaba él mismo. Nadie había visto antes en el pueblo a aquel tipo alto, de ojos negros, nariz aguileña y de cabello liso perfectamente acicalado; nadie había visto jamás a ese hombre que parecía ocultar una cicatriz que tiene debajo del pómulo del lado derecho. Las mujeres que se asomaron por el inusual ruido de las hélices al ver al militar le tiraron besos y le pidieron un muchacho. ¡Hazme un hijo, mi amor! ¡Vente que yo te lavo y cocino, papi! —se oyó entre el tumulto.

Hubo vítores y aplausos cuando lo vieron bajarse de la aeronave. El oficial bajó del helicóptero y el sol le abrillantó unas botas lustradas que se ajustaban al traje de piloto de guerra, al chaleco antibalas, y a unos lentes oscuros que se quitó del lado izquierdo del rostro con tres de los dedos de la mano zurda. Se escucha decir que el capitán no bebe y que de cuando en vez en el destacamento pone algún vallenato del Cacique Diomedes o del Binomio de Oro de la época en que Rafael Orozco era el solista de la agrupación y anduvo recorriendo Venezuela. Otros afirman que lo han visto hablando varias veces con el padre David, y el licenciado ha escuchado decir que el capitán suele ir al mercado a comer changua y arroz con coco y que le va al Deportivo Táchira.

La tarde después del aterrizaje del aparato ruso se levantó un polvorín y en la noche los soldados del batallón de infantería que portaban armas largas y estaban ataviados con ropa camuflada irrumpieron en los bares y en los billares del pueblo y hubo una redada. Marcelino y Chuito que jugaban dominó fueron detenidos; el alcalde Anselmo Marcuzzi reclamó al gobernador vía telefónica el porqué no había sido informado del operativo con el que según dicen dieron término a la vida del comandante Ciro, y fueron once las víctimas reportadas. Marcelino le dijo al licenciado Villamediana que en verdad hubo un total de veintiséis muertos y cuarenta y tres detenidos, y que aún hay un tipo al que buscan, o dos. Eso no se sabe con certeza.

Lo cierto es que aquí nacieron espinos y el día 12 de septiembre del año 2010, antes de que supuestamente el cuerpo de Ciro recibiese la bala de gracia, Samuel Carrascal le cambió las flores plásticas a la tumba del sargento John Jairo Carrascal. Tras la muerte de su hijo, doña Betty se cortó el cabello y luce a diario un vestido negro, un sudario y unos guantes de encaje. Se escucha decir que por las noches reza un rosario y que, religiosamente, le prende una vela a la foto en la que aparece el amigo de la escuela y cómplice de aventuras infantiles de Juan Ángel Villamediana, trajeado de gala con guantes blancos y sosteniendo un sable.

Hoy es 15 de septiembre y la mujer que limpia en el motel le contó a Juan Ángel Villamediana que la menor de las hijas de los Carrascal ha vuelto a casa esta mañana convertida en viuda del comandante Ciro y nadie fue capaz de advertir que venía siendo la mujer del responsable de la muerte de su hermano. Eva María, la otrora novicia de Cristo, no sabe si sacarse o no el muchachito que lleva en el vientre. Ninguno advirtió que la noche de la limpieza en que ocurrió la muerte de John Jairo, ella se iría a la vereda llorando y quedaría prendida de aquel hombre que la invitó a pasar y que le permitió expiar su dolor mientras lo golpeaba en el pecho y él intentaba detenerla abrazándola.

En este pueblo en el que todavía llueve hubo toque de queda y el capitán llegó para quedarse y poner orden. Al cuerpo del comandante Ciro no lo dejaron ver. Hubo un entierro sin cadáver… Se escucha decir que se lo echaron a los perros. ¿Quién era, en verdad, el comandante Ciro? Esa era una pregunta que a Juan Ángel Villamediana le atormentaba.

~Al otro lado~

Así pues, pasó más de un año desde la tan particular muerte del comandante Ciro, y tras su éxito gracias a los reportajes de la sección *Díptico de la frontera,* al licenciado lo enviaron por tres meses a La Parada, en plena entrada de Villa del Rosario, y hace dos días han cerrado los pasos entre San Antonio y Cúcuta, Ureña y Cúcuta, Delicias y Rangovalia y Boca de Grita por Puerto Santander porque, según dicen, unos soldados que trasladaban un cargamento desde el lado colombiano han sido emboscados por una banda de paramilitares a unos quince metros después del cruce terrestre.

—Van a mandar 3.000 soldados para que defiendan al pueblo —le dijo por teléfono el contacto en Cúcuta, Pedro Zapata, al licenciado Villamediana. La cosa se hará por sesenta días; eso es lo que parece. Se escucha decir que hay estado de excepción —sentenció.

—Yo no sé cómo se come eso. A mí que me vengan a buscar —le dijo Chuito, entre risas, vía telefónica al licenciado que lo llamó para decirle que guardara gasolina para el viaje hasta Puerto Santander, pues primero tenía que ir a la casa en Umuquena por unas maletas y un baúl que le dejó su madrina, la viuda de los Paolini.

~Las montañas del sur~

Chuito me ha dicho que allá en el norte del Táchira no tengo nada que buscar. Menos en el cruce fronterizo. Que la cosa no pinta bien. Así que iré después. Ahora yo vine a ver qué pasó aquí en el sur, porque hace dos semanas salió un camión F-350 cargado hasta el estribo después de la misa y nunca llegó a destino. Se escucha decir que aquí se alza un comandante, o dos, eso no se sabe con certeza. Al camión parece que lo detuvieron unos hombres armados, vestidos con ropa de campaña en medio de la noche, y nunca más se supo del chofer o de su ayudante.

Aquí hace unos meses hicimos un reportaje para la sección *Díptico de la frontera* del suplemento dominical.

—Yo no sé qué pasó. Ni por qué se empezaron a ir. —Dijo un hombre al que alcancé a escuchar en la plaza Bolívar de Delicias antes de que me sintiera cerca y finalmente se fuese junto a otro al que también alcancé a oír diciéndole que ahora que los colombianos tienen cédula no van a trabajar más.

Por estas montañas cuando uno pregunta qué pasó, le tiran el portazo. Son como las siete y media de la mañana y no he tomado ni café. Lo que nadie alcanzó a advertir es que, esas semanas de júbilo, esos días de las promesas de los créditos agropecuarios y de los viajes imaginados gracias a la siembra y a los cultivos eran no más que la leve amnistía de una guerra que, según me atrevo a adivinar por sus ojos tristes y por sus miradas de soslayo, ellos no pidieron; es una confrontación entre irregulares y desmovilizados de las AUC de la que no tienen la más mínima culpa. Nadie advirtió que trescientos hombres armados tomarían el pueblo y las aldeas vecinas. En la iglesia, me recibió Jesús Alfredo, el excompañero del seminario de Julián, el primo de John Jairo y me rogó que me fuera, hablándome con señas desde la puerta de la casa cural que nunca me abrió. Algunos dicen que escucharon el sonido acompasado de la marcha de los combatientes que se aproximaban a los portales de las casas y traspasaban el umbral partiendo puertas y ventanas a patadas y a culatazos la primera noche.

Se escucha decir que aquí en el sur se alza un comandante. O dos. Eso no se sabe. Yo me fui. Me invitaron a irme al segundo día. Me acompañaron hasta la entrada del pueblo. Me fui hasta sin desayunar. Para más señas, decenas de murciélagos habían aparecido por esos días muertos sobre el asfalto y, para completar, un montón de manchas rojas se les veía a los frutos de la siembra y las hojas estaban agujereadas y secas.

~ *Una casa cerca del mercado* ~

He vuelto al norte donde todavía llueve y ocurre que don Carmelo y don Justo piensan que nada salvará a este pueblo; sus hijos se devorarán los unos a los otros, eso me dijeron. «¡Yo no sé a qué ha vuelto usted, mijo! ¡Aquí lo que queda es puro pillo, puro bandido!». Sentenciaron ayer por la tarde cuando me los encontré conversando en la plaza Bolívar frente a la catedral de San Pedro.

Aquí, donde confluyen el Grita, la Arenosa y el Escalante y dicen que hubo un pacto con el diablo, es domingo y son las siete y media de la mañana. Más tarde quizá vaya a confesarme con el padre David, ahora no; ahora llevo una gorra negra de los Sox y estoy en el mercado soplando una cucharada de pisca hirviendo, tratando de disimular mi asombro ante tamaño silencio. El capitán Pérez Pérez ha pedido verme, lo voy a esperar un rato. Ahora hundo mi rostro en el plato y tras un sorbo de sopa compruebo que aquí se siente un bochorno que abriga a las calles desoladas. O todos están mintiendo, o todos realmente ignoran qué fue lo que pasó hace unos meses con el comandante Ciro y sus combatientes. Escuché decir que en el barrio Los Pitufos la gente no pudo beber agua del tubo ni lavar la ropa o cocinar unos plátanos durante más de una semana porque cuando abrían la llave salía sangre y barro del chorro. Alguien me dijo que eso fue porque encontraron los cadáveres de siete combatientes adentro del tanque de aguas blancas que surte la barriada. También me dijeron que lo de la tierra y la sangre es culpa de algunos de los concejales que se robaron la plata del acueducto y que, lo de los muertos, es mentira. A otros, dizque los dejaron en las tanquillas, que la cloaca se tapó y que las aguas negras colapsaron las calles y las carreras del pueblo.

«¡Puro embuste! Licenciado, eso es puro embuste. Usted tampoco se puede creer todo lo que le digan. La gente aquí habla mucho». Me dijo el cojo Ezequiel mientras observé que estaba pasando revista a los que están vendiendo en esta mañana calurosa de septiembre donde el invierno llegó justico y el Tratado de Tonchalá arribará muy pronto al medio cupón.

La verdad, yo no sé, pero nadie me habla ya del comandante Ciro como lo hacían unos meses atrás. Su nombre y su legado no son más que glorias pasadas. No hay información alguna sobre el paradero de sus combatientes. Lo que sí sé es que alguien me mira, que un tipo alto y con cara de malo me anda pisando los talones. Ya hasta siento su peste y su respiración en el cuello. Un hedor a carne podrida y un olor a flores de muerto inundan el aire. Alguien me ha dicho que los que se fueron de El Paraíso buscaron amparo en los pueblos vecinos a la carretera norte-sur, y que allí aún perduran sus hijos. Muy cerca de este mercado, donde confluyen el Catatumbo, el Chama y el Escalante, un tanto lejos de donde, según dicen, hallaron el fósil de un dinosaurio y por eso hubo misa y la gente se emborrachó y luego se peleó a cuchillos y a navajazos, se vivieron años oscuros en los que las persecuciones y las deportaciones de indocumentados se hicieron cada vez más frecuentes y muchos debieron volver a Hacarí, Sardinata, San Calixto, Convención u Ocaña para esconderse de las metrallas y no conciliar el sueño por el estallido de las bombas y los sonidos de las ráfagas. Esas regiones del Norte de Santander y del Catatumbo no paran de arder.

Así pues, la llamada profilaxis social y los nombres que engrosan sus listas son asuntos bien conocidos por todos. Así como también son harto conocidos y líquidos los sonidos amenizados por el vallenato, la cumbia y la gaita colombianos que a muchos antes les eran ajenos. Aquí son plenos los colores de pájaros y de peces esparcidos en el tapiz familiar que atestiguaron los ojos y la curiosidad de los niños que señalaron con sus dedos a los tripulantes de las acuarelas de Rómulo Alegría y sus lienzos son acordes y gradientes que aún permanecen allí: grabados con todas esas memorias reunidas. He llegado a pensar que quizá viven en cada uno de los rostros que nos miran e increpan con la sonrisa en el malecón o en los labios que nos señalan a la bahía y nos preguntan en cualquier puesto de este mercado: «¿Qué quiere? ¡Venga!... Le tengo el arroz con pollo, "pescao" frito, la cervecita bien fría».

Mientras espero al capitán Pérez Pérez recuerdo que en la mañana en la que enterramos a John Jairo yo lloré de pie otra vez bajo el aguacero como lo hice aquella vez en el entierro de Cándida. Sucede que el único que medio asoma el tema del Sábado de Gloria, en donde ríos de sangre lavaron las calles de esta gente olvidada a la vera de Dios, es un carretillero harapiento y desgarbado que me cree foráneo.

El hombre me mira, se acerca, y arroja un tímido «¿Sí supo?». Le respondo que no con la cabeza.

El tipo me mira, su garganta se infla, traga saliva, se pega a la mesa y después sorbe un trago de aguamiel caliente con queso duro en cuadritos. Lo miro; me digo a mí mismo: «Este tipo me va a decir una vaina interesante», pero, no; antes de decirme algo somos interrumpidos por la ayudante de la cocinera que me pregunta por la pisca.

—¿Le echo otro huevo, licenciado?

—Así está bien, gracias.

El joven carretillero está por contarme, balbucea, me doy cuenta de que el hombre gaguea, que tiene una cicatriz cerca de la boca, es alto, su cabello es negrísimo, tiene nariz de tucán y se mueve de izquierda a derecha; me recuerda a alguien, no preciso a quién, algo me da vueltas en la cabeza, no imagino el porqué sus ojos me resultan familiares. El tipo segundos después me dice:

—Aquí uno tiene que... —Y enseguida es callado por la alertadora mirada rotunda de la cocinera.

Me quedo en ascuas. Me siento desolado y perdido. Creo que padezco de una enfermedad rara producto de la sobredosis de vallenato que se escucha en todo el mercado y que me está provocando que relacione y vea cosas donde no las hay. Quizá es porque tengo el pellejo en esto y anoche me echaron unos tiros al aire cuando estaba fumando en el balcón del motel mientras hablaba con Vittoria Paolini que estaba dibujando los planos del nuevo centro comercial de este pueblo sin mar porque es el trabajo final de sus pasantías. Para colmo, el viejo Arquímedes

Márquez me va a botar de la redacción. Más ahora cuando se rumora que va a vender la rotativa y mi editor ya me informó que esta mañana pasaron buscándome unos tipos de unos círculos muy cercanos al gobernador para preguntarme cómo es esa vaina de que yo fui el de la primicia, y el primero que eché el cuento con detalle de las mujeres y los hombres a los que se iban a echar al pico aquel Sábado de Gloria del que nadie dijo nada, porque, dizque no sabía. A decir verdad, yo tampoco sabía, ¿y cómo? Yo no tenía ni idea de que cuando estuviera por allá, y anduviese por la cafetería, recogiendo la fulana lista, sería el mismísimo comandante Ciro quien me daría en persona la bienvenida tomándose ligeramente el sombrero por el ala. Todo parece indicar que mis tiempos de editor adjunto en el diario *La Región*; esos que me gané cuando fui enviado a la trocha que está a unos metros del río cuyas aguas transparentes parten en dos los límites entre Colombia y Venezuela, y por la que me dejó pasar el que fuera para ese entonces el subcomandante Ciro, de quien se rumora que se lo echaron a los perros, están llegando a su fin.

Lo que ocurre es que, en el fondo, al igual que muchos, quiero saber qué carajos es lo que pasa en este pueblo remoto que no hace más que recordarme que nos permea una geografía inasible y difusa; que aquí la gente semeja no saber nada y casi siempre suelen hacerse los «toches». ¿Quién es el comandante Ciro?

La cocinera da vueltas cual gallina clueca y es una desgracia, la vieja no suelta prenda, ella tampoco dice nada. El tipo gago me frunce los labios y niega con sus cejas pobladas y su cara de galán venido a menos. Pasa que aún no termino de comerme el desayuno que está medio flojo, y el carretillero se va sin contarme nada. Ocurre que alguien me mira desde la acera y sé que un par de tipos me cuidan los pasos desde hace ya algún tiempo.

Por otro lado, yo no sé qué va a pasar allá, donde la tierra está bendita por el compost y los frutos saben a miel y a ambrosía. Sí, allá en el sur del estado Táchira, donde se cosechan duraznos y los colombianos se fueron cuando les dieron la cédula venezolana. Allá mismo, donde ahora se escucha decir que se alza un comandante, o dos. Eso no se sabe todavía. Aquí tengo al frente la casa con la verja verde de la alcaldía del municipio, al fondo suenan Los Chiches del Vallenato, y su *Tierra mala* provoca que piense seriamente en cortarme las venas con el cuchillo Ginsu de punta roma con el que trato de picar en dos una papa rebelde que se resiste dentro del plato de pisca. Tal vez y esté cruda, no lo sé. Ya se me advirtió que estoy en campo minado. Que deje la preguntadera —me dijo la mujer de limpieza del motel. Es más, Chuito es de los que creen que muy pronto me invitarán a irme.

Por estos lares más de uno se murió esperando que les devolvieran la plata que le pagaron a Ciro y a sus combatientes y esta mañana Marcelino me contó que el sargento Darío Ramírez quedó en estado vegetativo después de que el comandante Ciro le lanzara una granada adentro del bar la noche antes de que supuestamente se marchara de este mundo y de que se lo «echaran al pico» durante el operativo de busca y captura que protagonizara la comisión al mando del capitán Pérez Pérez. Resulta que Ciro le gritó desde la ventana: «¿Y usted cómo se llama?», y ahí mismito le metió el explosivo por uno de los vidrios y el sargento quedó sin piernas y escasamente babea y ve a medias por el ojo derecho. ¡Coño! ¡Pobre tipo! —dijo Marcelino, que estaba acompañándome antes en el desayuno y quien le guiñaba a la ayudante de la cocinera, una morena flaquita, de senos infantiles, que cuando mucho tendrá unos catorce años.

El capitán Pérez Pérez no aparece y en esta vaina la lluvia es continua y apenas despunta el día. Hay un sopor, un sofoco, un no sé qué, un pegoste que hace que a uno le suden las manos y la ropa se le pegue al espinazo. La gente en este mercado huele a perro mojado y se escucha decir que el Dr. Marcuzzi perderá las elecciones porque la candidata rival será una de las mujeres de Ciro. O uno de los hombres. Eso no se sabe. Dicen que el comandante en asuntos de amor y de preferencias era «ambidiestro», que «bateaba a las dos manos»; es como si, un día despertara británico y luego amaneciera caribe y que le gustase conducir de ambos lados del coche, o que lo condujeran. «Uno nunca sabe; habrá que preguntarle a la doña» —me dijo una vez uno de sus combatientes que me exigió no pusiera su nombre.

Lo cierto es que, dos días después de aquel Sábado de Gloria, y tras los rumores que le siguieron; que dizque se iban a llevar a más de uno en viaje gratis de ida sin retorno, o que a todo aquel al que agarrasen robando le cortarían las manos... la gente empezó a salir a las calles y por varios meses reinó una paz augusta que requería del pago de una vacuna: una especie de colaboración dependiendo del oficio o del rubro. Le pregunté a Neftalí Hoyos si él la paga y me dijo:

«Yo no sé de lo que usted está hablando, licenciado. ¿Le pongo mostaza?». Me contestó a secas mientras me extendía un perro caliente al que le pone bastante repollo picado.

Aquí sigue lloviendo, la mañana avanza, y se me empieza a hacer tarde para darme un baño antes de salir del motel e irme a San Cristóbal, y ocurre que algunos comentan que una que otra vez en el mercado se oye decir papaya en lugar de lechosa. Se repitieron los versos de Los Chiches y que las mujeres del puesto de venta de pisca y de cochino frito corearon, y tras oírlas lo que provoca es darse un tiro en la sien o batirse a trompadas o a cuchilladas con algunos de los rufianes que vi dándose sendos «trancazos» afuera del bar en pleno aguacero por el amor de Claudia, una caleña que tiene la fama de enamorar a los hombres a primera vista.

Sé que estos tipos que me siguen me van a dar un buen susto o me invitarán a irme. Ya se me dijo que me van a acompañar en cualquier momento. Ocurre que aquí llueve y uno piensa que el techo del mercado se va a caer. Yo solo he escuchado decir que de niño el comandante Ciro vendía helados de coco, de galleta y de ron con pasas en un puesto en este mismo mercado. Para más señas, a mi madrina se le ocurrió morirse y antes me dijo que Azael Luis fue mi padrino de bautizo y que fue él quien me compró unos calzados Junior blanquísimos que se me alcanzan a ver en la foto que me tomaron llorando afuera de la catedral del Santo Cristo de La Grita a los 6 días del mes de agosto de mil novecientos ochenta y seis porque papá nunca llegó.

Pasa que Chuito se va a tardar en venir a recogerme al mercado porque le dieron setenta mil pesos por la gasolina del carro y me llamó apurado y ahora tengo que esperar a que su sobrino me busque; me ha dicho que tengo que irme al motel mientras tanto, porque aquí mi vida corre serio peligro, que hasta me pueden dar una puñalada trapera. Sucede que el capitán no aparece, aquí se prendió una golpiza entre un pescadero y un vendedor de frutas y verduras porque no quiso cambiarle unas parchitas que le salieron piches y, ante lo que imaginé que pasaría luego de que el quesero sacara de una cesta de la cava un cuchillo de doce pulgadas y avanzara a pasos largos hacia la espalda del verdulero que tenía dominado el asalto gracias a una llave al cuello que le aplicó a su contrincante, no vacilé en decidir si ese era el momento o no de quedarme más tiempo o de dejar el pelero, y me fui camino al motel.

¿Quién demonios es el comandante Ciro?

~Repiques~

Desde el día que comencé estas notas de prensa reco-
gidas en la sección del suplemento dominical de *La Región*,
he estado intentando saber qué fue lo que pasó entre hoy
y aquellos años de la infancia. Ocurre que la cicatriz que
tengo sobre mi pie izquierdo semeja ser la misma que tenía
John Jairo en una de sus rodillas; ambas ilustran la huella
de un pasado común. La mía tal vez es un recordatorio del
origen, la de él es un estigma del comienzo de su doloroso
viaje. Yo me la hice cuando aprendí a andar bicicleta con
la niña Vittoria Paolini en el patio de la hacienda. La de él
data de aquella vez que junto a sus padres y hermanas cruzó
la cerca del río para llegar hasta aquí, desde donde se ve por
las noches al relámpago del Catatumbo y los nietos de los
Paolini son dueños de la planta de productos lácteos. Sucede que la desaparición de Julián es una llaga abierta que
llevo conmigo tras revelarle la verdad sobre la muerte de su
madre que fue acuchillada en el bar, y hay quien rumora
que el muchacho se fue al monte a servir en un frente donde se sospecha que se alza un comandante; o dos. Eso no se
sabe con certeza. Se rumora entre los diáconos amigos de
Julián que, al fiel seguidor del vicario de Cristo, el admira-

dor de su eminencia, el papa Juan Pablo II; el mismo Julián Arturo Patiño, que solía ganarnos a John Jairo Carrascal y a mí cuando jugábamos a las metras y al runcho, no le quedó más opción que entregarse a la tentación de las armas y se unió a los demás combatientes una mañana de setiembre que prometía una llovizna fresca al final de la tarde.

~Salto de página~

En el firmamento de mi pueblo jamás se avistó un cometa. En estos caseríos de los municipios del eje fronterizo, las personas cierran las puertas después del crepúsculo y se guardan temprano. Hoy es 5 de marzo del año 2011 y el comandante Julián y sus hombres han cruzado el río las Cruces por un antiguo puente de hierro. Varias hectáreas más adelante llegarán a un cerro en forma de seno que alcanza a verse desde la autopista San Cristóbal–La Fría. Cruzarán el monte por el que una vez caminaron sus padres y avanzarán hacia el sur, donde jamás hubo mar, y donde se alzará un nuevo comandante, o dos; eso es algo de lo que pronto tendremos noticias.

¿Quién era el comandante Ciro?

Hasta aquí estas notas.

Juan Ángel Villamediana.

~Número equivocado~

Así pues, finalmente, el licenciado Villamediana rehízo su crónica de Tierra Mala, abrió un baúl que le dejó su madrina Celina Márquez de Paolini, y ocurre que allí dentro, los lanchones de madera aún aguardan por los tripulantes en una de las acuarelas sin terminar del afamado pintor costeño Rómulo Alegría. Pasa que durante todo este tiempo no se asomó barco alguno que se deslizase sobre las aguas ni zarpó ninguno de regreso a la Ciénaga Grande en el Caribe colombiano.

Sucede que sus ojos que sí han visto el Pacífico y el Atlántico no olvidarán la corbata mohosa, la camisita pálida y la chaqueta inmensa que portaba el pecho abaleado de su querido John Jairo dentro del ataúd púrpura al que cargaron en hombros y al que pusieron junto a la tierra para que lo devorasen los gusanos, años después de aquella mañana bajo el chubasco en la que un diostedé pico iris no paró de cantar, y en la que niños, mujeres y hombres acompañaron en ritmo uniforme al acordeón, la guacharaca y la caja coreando *Los caminos de la vida* de Los Diablitos y *A un cariño del alma* del Cacique Diomedes.

Ocurre que, a los pies del sepulcro, el licenciado Villamediana escuchó decir de muchos de los asistentes que sus ojos no han visto antes un manglar o un océano. De otros que jamás han vuelto a Montería o a Villa de Leyva, y de algunos que tampoco saben cómo es la playa en Río Caribe o conocen cómo son los cayos cercanos a Morrocoy y a Tucacas; o menos si sus aguas son cristalinas u oscuras, azules o verdes.

Aquí jamás hubo mar y pasa que algunos también aseguran que por las noches escuchan a Rómulo Alegría cantarle a la luna y que en las mañanas es su voz la que despierta a los pájaros.

A continuación, más entradas en el blog del licenciado Villamediana.

EL FALSO EDITOR

Segunda pieza

Ahora que conocemos la improbable historia de unos hombres y mujeres que creyeron haber alcanzado el Paraíso tras atracar en una tierra mala; ahora que sabemos que el exclérigo Julián Patiño avanzó con sus combatientes hacia las montañas del sur por las que una vez caminaron sus padres, es justo informar que al capitán Pérez Pérez un viejo temor lo consume: le han comunicado que su cabeza tiene precio y se tasa altísima en pesos colombianos. Hace días que el uniformado duerme mal y come poco. Se despierta sudando y después llora a solas a varios metros de distancia de su tienda de campaña. Recién, ha llegado a sus oídos que las autoridades le retirarán el apoyo de operar con absoluta beligerancia. Un soporte valioso, que, aunque no fuese abierto y público, ha sido del dominio y del conocimiento de todos. En especial desde aquella vez, de la que se rumora que él y sus soldados dieron muerte al comandante Ciro; en aquel operativo de busca y captura del que aún se comenta si hubo muertos o no en casi todos los billares y en la mayoría de las mesas de dominó y de ajiley del pueblo; donde incluso es fama escuchar que en el mercado hay un hombre que vende hojillas de afeitar que se parece mucho a Rómulo Alegría.

El supuesto editor

- Tierra ajena -

~ La Banda de los Enanos ~

Lo pongo al corriente: hace calor y por estos montes se dice que a más de una familia le «ha llovido duro». Son incontables las víctimas de los enfrentamientos entre un grupo élite de la seguridad del Estado y los integrantes de las bandas criminales. Muchos de sus integrantes se cree que están relacionados con un grupo de fleteros, autobuseros y ganaderos a quienes se les señala de ser contrabandistas de carne y traficantes de combustible. Hoy son las once de la mañana, capicúa; pasan los últimos meses del año doce del segundo milenio de nuestro Redentor y, para su información y registro, yo estoy sentado en un sillón de madera marrón caoba con espaldar y con posadera tejidas con mimbres beis y rojos en forma de espagueti.

Le comento: aún estoy esperando a que el juez Márquez Salas me dé una respuesta del recurso de amparo que introduje hace algunos meses, en compañía del doctor Monsalve, ante los tribunales que atienden a los municipios Panamericano, San Judas Tadeo, Samuel Darío Maldonado y Simón Rodríguez, para tener acceso al archivo del caso y a las pesquisas de la investigación que adelanta la Policía

Técnica Judicial sobre las Águilas Negras, y todavía no sale el humo blanco. Al menos cincuenta personas han perdido la vida debido a los inusuales ajusticiamientos que se han estado presentando, desde la supuesta muerte de los demás integrantes de esta banda paramilitar que estaban bajo las órdenes del comandante Ciro.

Le informo: hacía días que venía escuchando que en la frontera colombiana con Boca de Grita opera una banda de niños que controla el tráfico de gasoil y, el fin de semana pasado, por invitación de su comandante, he ido a ver cómo es la cosa. Es un asunto de no creer. Los «chamos» parecen entrenados para una eventual guerra binacional que posiblemente cubriría de plomo a las aldeas y caseríos cercanos a Orope, Tres Islas y Puente Zulia. Los chicuelos portan armas de asalto y suelen formarse todas las mañanas y hacer orden cerrado, mientras entonan cánticos, y todos los lunes izan una bandera de barras azules y rojas en riguroso acto solemne. Tal como si se tratase de una ficción de un campo paramilitar para niños y preadolescentes, todos acostumbran a llamarse entre sí respetando su rango y cada uno obedece a sus tareas, según la jerarquía que se han ganado a pulso, mediante encargos o trabajos asignados por un militar venezolano que está siendo acusado de sedición y traición a la patria. En la zona, a los niños de esta agrupación los conocen como la «banda de los Enanos». De su existencia se comenta *vox populi* y sin el menor de los cuidados. La agrupación está integrada por unos cuarenta muchachos. Todos abandonaron la escuela primaria o nunca asistieron a ella. Diez o más son huérfanos. A algunos los criaron sus tías o sus abuelas del lado venezolano. Otros no han pedido jamás la bendición a nadie, mucho menos han hecho alguno de los santísimos sacramentos del altar. Varios niños en el paso fronterizo me han dicho que allá en el campamento de los Enanos hay trabajo para ellos y se han ido en compañía de otros a servir en el comando, hará unos dos meses. Uno me confesó que tiene que ayudar a su mamá con la crianza de sus hermanas. En casa no hay nada para echarle a la olla; su padre los abandonó y a su abuela —ya anciana— le dio gangrena, en una de las piernas, producto de sus altísimos niveles de azúcar en la sangre. El actual comandante de los Enanos, alias Tato, tendrá unos diecisiete años, a lo sumo.

«Pase, licenciado. ¡Bienvenido a nuestra casa!» —me dijo de lo más orgulloso cuando llegué a la sede del campamento un joven que lucía una prótesis a la altura del antebrazo derecho. Le agradecí por su hospitalidad y entré tal y como él me lo sugirió: por la puerta de madera rústica, la cual se abrió nada más puse el primero de mis pasos en el portal del que cuelga un mechurrio de vidrio y metal a gasoil, con mecha de trapo, que imagino, los abastece de luz, justo cuando el sol de los venados abandona la tarde y se oculta detrás del cerro; en ese instante en que se pierde claridad de la selva húmeda y aparece el reflejo del sol sobre las transparentes aguas de caño Macho, en las que abundan los peces sapo, los rampuches y los coro-coro.

Así pues, después de sortear la cancela de la segunda entrada y caminar por el umbral, mientras avanzaban unos cien metros en dirección norte por el zaguán de un viejo caserón, el comandante Tato dijo: «Chuchito nos cuida, licenciado». Todo lo cual me hizo poner aún más nervioso, al saber que estaba internándome en los predios de la que era, a decir de muchos en la zona, una de las bandas delictivas más temidas por todos en la frontera colombo-venezolana.

Confieso que por mi incomodidad me era casi imposible hablar, a tal punto que me dediqué a vacilar, observando a un par de niños que se encontraban en un salón, ocupados en la tarea de contar grandes cantidades de dinero venezolano en efectivo. También, aprecié que otros ordenaban cajas de harina de maíz, frascos y pailas de aceite vegetal comestible, en el patio interno de la casa. Al final del pasillo, una mesa dispuesta para dos iluminaba el decorado colonial del recinto. Más al fondo, tres mujeres vestidas con coloridos pañuelos en la cabeza que movían cucharas de palo y meneaban sus cuerpos al ritmo de *El santo cachón* completaban la escena.

Yo veía todo a mi alrededor avanzar rápidamente al tiempo que me preguntaba sobre la identidad real de aquel niño, al que los demás llamaban respetuosamente «¡mi comandante!», y al que las mujeres le sonreían con la bella calidez y el brillo hermoso de los ojos de una madre que nos ama. El párvulo en cuestión llevaba puestos encima una franela blanca y una guerrera verde sobre sus hombros y unos lentes de fórmula sobre su rostro imberbe. Tras llegar al lugar dispuesto para nuestra charla, se dirigió a mí de forma resuelta:

—Usted seguro tiene curiosidad.

—No es curiosidad —respondí parcamente.

—¿Entonces qué es?

—Bueno, a ver, ¿cómo le explico? —dije, intentado elegir las palabras correctas.

Confieso que aprecié que él guardaba un silencio de esos que ausculta. De esos silencios que interrogan y uno siente que le están revisando por dentro alguno de los intestinos o le están haciendo una incisión invasiva o laparoscópica.

—Cuénteme, licenciado, ¿qué es eso que me tiene que explicar? —quiso saber el comandante Tato.

—Es que, me pregunto, cómo ustedes están aquí, así…

—¿Así cómo, licenciado? —me interrumpió tras mi balbuceo.

—Digo, ¿cómo es que no tienen problemas con la otra gente?

—¿Con los de la gasolina? —me devolvió la pregunta el joven comandante.

—Bueno, sí, o con alguien más, no sé.

—«Zapatero a su zapato» —sentenció enigmático. De inmediato hizo una mueca y torció un poco la cabeza, con un gesto demasiado adulto para su edad y me soltó su tono exigente y algo airado:

—Pero, ¿fue a eso a lo que vino o a entrevistarme? Mire que yo quiero que usted me haga famoso. Eso va a ser bueno, así la gente me va a temer y va a saber quién es el que manda por aquí; con quién es que tienen que hablar —señaló convencido.

—Entiendo —me limité a contestar.

—Claro, pero usted nada más va a decir cosas buenas de mí. Por ejemplo, va a hablar de todo lo que yo hago por la comunidad —expuso en un tono más amigable Tato—. Fíjese que yo quiero que se sepa de los operativos de entrega de mercados, de las canastillas de las mujeres embarazadas, de la celebración de las fiestas del día de santa Marta bendita; ¡ah!, y de los regalos del Niño Jesús. —Esto lo expresaba esbozando una leve sonrisa, la cual denotaba su especial orgullo por la que él consideraba una labor social. La misma la realizaban él y su banda gracias a lo lucrativo que resultaba el negocio del tráfico de combustible y otros asuntos de competencia fronteriza. La operación benéfica de los Enanos era, según muchos, exitosa; alcanzaba a llegar a El Pital, El Maíz, El Monito, Gallinero, Castellón, Orope y demás zonas aledañas a Boca de Grita.

—Comandante, a mí me sorprende mucho que usted sea tan, no sé, tan maduro, por decirlo de una manera —le dije.

—La muerte, la muerte a uno le saca lomo, le saca diente, dicen por ahí. —Me respondió Tato, frunciendo su boca y alzando su ceja izquierda—. Mire, aquí cerca, allá —se puso de pie y caminó en mi dirección y se paró justo a mi lado, indicándome un rancho que se veía en la lontananza—. Allá, como a unos cuatrocientos metros de donde está ese samán, mataron a mi papá a machetazos —declaró sin inmutarse el comandante—. A mis hermanas se las llevaron los hombres. Yo las estoy buscando todavía. Yo tenía seis años cuando eso pasó. Uno de los tipos que acompañaban al asesino de mi padre le cortó la garganta a mi mamá y mi vieja se murió desangrada, encima de mí y me manchó harto la ropa. A mí me quitaron el brazo derecho, míreme. Me dejaron vivo, cometieron ese error —agregó Tato, mostrando el muñón que cuelga de su hombro—. Yo pasé unas dos o tres semanas solo, en la letrina del rancho, en donde me metieron esos hijueputas, hasta que unos gasolineros me encontraron y me sacaron todo cubierto de mierda. La mierda evitó que me muriera. La mierda me salvó. No hablé durante días, me contaron, casi no me acuerdo. Yo solo veo en mi mente al hombre cayéndole a machetazos a mi papá y a mi mamá, brotándole sangre del cuello arriba mío. No recuerdo muy bien a mis dos hermanas que eran mayores que yo. Hay noches que las imagino y me pregunto dónde o con quién están. Hay noches en las que lloro, pero no dejo que me vean mis hermanos.

—Lo lamento mucho, comandante. Lo lamento —dije.

Tras estas palabras, Tato prosiguió con su relato.

—Yo aprendí a chupar gasolina muy rápido. Era muy bueno en eso. Hasta que un día llegó un subteniente y me subió a un camión carbonero y me dio seis panelas de marihuana para que las pasara hasta el puesto de control. Las llevé en una mochila azul que regalaban en una escuela venezolana, a la que jamás fui ni un solo día. ¿Quién iba a revisar a un niño mocho y zarrapastroso? ¿Quién? ¿No cree usted?

—Es verdad. ¿Y después qué pasó? —pregunté.

—Que coroné, mi amigo —respondió Tato sonreído.

—Ajá…

—Claro, y como coroné seguí llevando otras cosas.

—¿Qué cosas?

—Oro, bazuco, coca, hasta esmeraldas, unas que venían de Bogotá…

—Entonces era algo así como una mula.

—Sí, una mula pequeñita.

—¿Y cómo se convirtió en comandante?

—Primero fui soldado. Todo tiene su tiempo. Verá, licenciado, todos mis hermanos y yo somos soldados. Tenemos pruebas que cumplir. Usted sabe: buscar algo aquí o allá, esperar a alguien que sale de aquí o de allá.

—¿Habla de matar o de robar a alguien?

—Sí. Exacto.

—Entiendo. ¿Y usted ha matado a muchas personas? —Me atreví a preguntarle.

—Diecisiete yo de mi propia mano y unos treinta o cuarenta con mis hermanos —respondió serenamente Tato.

—¿El número de sus años?

—Raro, ¿no?

—¿Se llaman así entre ustedes, hermanos?

—Sí. Somos hijos de la misma madre y del mismo padre.

—Mmm.

—Nuestra madre es la patria. Nuestro padre, el fuego. Eso dice nuestra bandera.

—¿El fuego?

—Sí, el fuego. Estamos listos para la guerra.

—Entiendo. ¿Puede decirme qué pasó después de ser mula y de hacer esos encargos o trabajos que mencionó?

—Ah, sí, yo me encargué de matar uno a uno a los hombres que mataron a mi padre y a mi madre.

—¿Y dio con el paradero de sus hermanas? —lo interrumpí.

—No. Pero encontré a los hombres —respondió Tato, quien no se mostraba dispuesto a entrar en detalles sobre el modo en cómo cobró venganza por la pérdida familiar.

—¿Y qué pasó entonces? —pregunté prestando especial atención sobre este pasaje de una conversación que adquiría un tono confesional y terapéutico.

—Mi teniente me ayudó con ese asunto... —Tato empezaba a mostrar algo de incomodidad, pero comenzaba también a abrirse, aunque hasta ese momento no había en él algo que indicara vulnerabilidad alguna.

—¿Puede ser más específico? —insistí con la confianza que me brindaba la autoridad que revestía por haber sido el comandante Tato quien me había invitado a propósito de que él contase lo que él denominaba «la verdad».

—Yo le dije a mi teniente que tenía algunas noticias de los tipos que mataron a mis padres y él se encargó de buscarlos y me llevó a Venezuela para que yo me encargase personalmente de ellos.

—¿Y qué pasó?

—Bueno, mi teniente me dijo dónde estaba uno de los hombres y yo, luego de pasar una semana siguiéndole los pasos, una noche lo seguí hasta un campo en el que estaba jugando pelota y fui y le metí unas quince o veinte puñaladas en el estómago. Había mucho revuelo esa noche —afirma Tato, quien habla en frases cortas, tomando aire.

—¿Habló en algún momento con este hombre?

—No.

—¿Supo su nombre?

—Solo sé que le decían Cara'e Niña.

Ante la sorpresa por lo difícil que ahora se mostraba el comandante al hablar de los detalles de su venganza —sin duda algo muy distinto a la soltura con la que se expresaba de su labor social—, el licenciado optó por preguntarle por su formación escolar. Lo hacía porque se interrogaba si este joven, que había sido arrastrado por la violencia que reinaba en la frontera, alguna vez había estado en un aula de clases en Puerto Santander, Colombia; si había ido a un salón al que luego no volvió después de aquella noche terrible, en la que fue separado a la fuerza de sus padres y de sus hermanas.

—Comandante, usted sabe leer, ¿verdad? —le sugerí procurando ganar terreno en la confianza que Tato parecía profesarme.

—¿Por qué me pregunta eso? —respondió Tato un tanto sorprendido.

—Es que usted tiene un buen manejo del léxico.

—Yo sé leer, sé escribir y sé cómo se usa una computadora y aprendí a escribir en máquina —declaró Tato.

—¡Vaya, impresionante! —exclamé genuinamente sorprendido.

—¿Usted sabe cuál es la capital de Honduras, licenciado? —me preguntó Tato mientras se reía…

—En este momento no me acuerdo —respondí entre risas, mostrando complicidad y camaradería con mi anfitrión.

—Tegucigalpa, licenciado. Nunca he ido, pero sé dónde queda —remató Tato.

—¿Encontró al otro hombre, al asesino de su mamá?

—Supe de él también por esos días y esa misma noche fui y le metí dos tiros… —aseguró Tato sin vacilar.

—¿A este también lo siguió por semanas?

—Lo vigilé con atención.

—¿Cómo?

—Mire, licenciado, como usted sabrá, todos los hombres tenemos rutinas —expuso Tato, quien ahora retomaba el ritmo de esa verborrea exquisita que le caracterizaba y de la que era fama escuchar—. Aquí, por ejemplo, las hay. Nos levantamos a una hora, hacemos algo de física por la tarde, como a las cinco. Todo eso me lo enseñó mi capitán, que en ese entonces era teniente. Aquí se duerme temprano y se es puntual con las guardias. Aquí se practica tres veces por semana la puntería… Eso hace que uno no se fije en el paso del tiempo, sino en cumplir los objetivos. Pero, en sí misma la rutina no sirve, si no se tiene también disciplina. Una rutina sin disciplina hace que los hombres se vuelvan descuidados y holgazanes. Palabras textuales de mi capitán. El asunto es que este tipo tenía una rutina, pero no tenía disciplina. Arsenio Cárdenas, así se llamaba, fue fácil de ubicar y de seguir. Casi siempre yo lo veía en un chinchorro echado, escuchando vallenato por las noches después de ir a jugar ajiley. Allá donde jugaba no quise darle los tiros. Siempre había mucha gente. En especial dos viejos que me cayeron bien: don Justo y don Carmelo, a quienes conocí luego por un encargo que les llevé, sin que supieran que era de parte de mi capitán, que en ese entonces era teniente, como le dije. Además, haberlo hecho allí, en medio del gentío y los gritos y la pelea, no me resultaba nada atractivo. Yo quería algo más íntimo. ¿Me entiende?... Fíjese que hasta comencé a sentir cierto gusto por verlo echado, moviendo la perilla del radio con la mano derecha mientras fumaba y se rascaba la nariz con los dedos de la izquierda. Era como un ritual. El tipo, Arsenio, oía todas las noches a las siete el mismo programa. —Tato explicaba con lujo de detalles.

—¿Recuerda el nombre del programa? —le pregunté.

—Sí, claro —respondió Tato, con toda seguridad—. Se llamaba *Brindando con Sonora*. La voz de la mujer que lo hacía era dulce, muy cálida, como la de una madre.

—Ya. Entiendo —señalé, conmovido por los detalles y por la soltura con la que se movía mi entrevistado.

—A ver, le sigo contando, no me interrumpa que me pierdo, no crea, yo no hablo de esto con todo el mundo, pero, ¿sabe?, usted me cae bien —prosiguió Tato—. A mí me venía gustando harto quedarme ahí agazapado, escuchando el programa, vigilando a Arsenio. Fíjese que una noche me quedé hasta dormido —confesó entre risas, a lo que respondí con tres carcajadas cortas—. Yo hasta pensé un día en darle plomo al tipo cuando estaba llamando al programa para pedir una complacencia, pero no lo hice porque me dio lástima con la locutora. El solo hecho de imaginarla llorando aterrada del otro lado del radio me detuvo. Hasta sería una mujer bonita, no sé. Pero finalmente esa noche después de cargarme al Cara'e Niña fui y le di plomo. Esas fueron las pruebas. De ahí me convertí en comandante.

—¿Cómo? ¿Tuvo que ver la muerte de estos hombres con el hecho de que usted se hiciera comandante?

—Sí, uno tiene que hacer que la gente pague por el honor, eso es clave en esta vida y, bueno, después de eso mi teniente volvió como al año y me asignó vigilar y cobrar el paso del gasoil y después, uno a uno, fueron llegando mis hermanos y así. Mi capitán siempre me dice que si se les da a todos, el mismo honor, entonces, no hay honor para ninguno, ¿sí me entiende?

—Es decir, ¿llegan por sus propios medios?

—Nosotros no reclutamos a nadie. Aquí cada quien viene buscando algo y lo encuentra: comida, medicinas para algún familiar, plata para una operación o para pagar una deuda o simplemente se aprende a matar para defenderse.

—¿Puede decirme de quién?

—De todos. De todos.

—¿Sus hermanos tienen papá, mamá, es decir, familiares?

—Unos sí, otros no.

—¿Sabe si iban a la escuela?

—Van. Van a la escuela…

—¿Cómo? No entiendo —lo interrumpí.

—Aquí tienen clases: nos preparamos para la guerra, ¿lo olvida?

—¿Quiere decir que la escuela a la que van es a un entrenamiento militar?

—¿Hay mejor escuela que esa, en un lugar en el que la mejor manera de estar vivo es saber cómo pegarle un tiro a otro? Yo creo que no.

—Ya veo —respondí, algo consternado por la frialdad del joven comandante. De quien comencé a dudar que esa, la edad que pensé, era la que en realidad tenía—. Cuénteme algo, el teniente, perdón, capitán, ese que menciona, ¿sigue en contacto con usted?

En el instante en el que le hacía esta pregunta, uno de los niños de la banda se acercó y de inmediato Tato le dijo:

—Por hoy estamos bien, ¿no?

—Sí, claro.

—Le aviso para que vuelva a venir.

—Perfecto.

—Venga por aquí, mi licenciado. —Le dijo otro de los niños que saludó con reverencia a Tato y se acercó a Juan Ángel Villamediana, para segundos después marcharse en su compañía en dirección opuesta a la que había cruzado para entrar al caserón.

El niño, una criatura de trece años, de piel oscura y ojos negros, invitó a Juan Ángel Villamediana a subirse en un viejo caballo blanco ceniza llamado Rebelde y se montó él en un caballo negro azabache de nombre Grano. Ambos atravesaron el monte al pie de la ribera del caño los Mellizos y de caño Macho, sin mediar palabra. El licenciado Villamediana iba arriba del rocín entre atónito y sorprendido. Se preguntaba si toda aquella historia que le había contado Tato era del todo cierta o si era el episodio de un sueño en el que aún se hallaba inmerso, en compañía de un negrito que llevaba con su mano izquierda el cabresto de su animal, mientras que con la derecha sostenía un fusil que lo superaba en tamaño.

Loro viejo

Le doy detalles: mañana celebran el día del patrono en Umuquena y para mi desgracia en el patio de la casa no reverdece el árbol de aguacate que mueve lentísimo las pocas hojas que le quedan y la pelazón del fruto verde se debe a que, Roberto, un loro viejo al que vendieron haciendo pasar por pichón, picoteó y escupió las flores en tiempo de luna en cuarto menguante. La treta de su astuto vendedor fue posible gracias a que el paso de los años hizo su parte y al lorito se le desvaneció el plumaje y fue harto difícil distinguir si eran semanas o años los que tenía en su haber el muérgano ese que gritaba y repetía sin parar: ¡Gózalo que tu marido está preso! Hoy la jaula de Roberto está vacía y, en lugar de este, casi todas las tardes, cuando declina el sol y la neblina de Morro Negro expande sus gases y cubre de un rubor pálido la puerta de entrada de las regresivas de las aldeas, una bella arpía se posa durante cinco o seis minutos en la copa del árbol seco para decirnos a propios y a extraños que nos guardemos dentro porque prontísimo llegará el aguacero. Gerardo Chacón, un viejo amigo de la infancia que ocupa el puesto tres, de izquierda a derecha, en la segunda fila, de mi foto de graduación, de la escuela primaria, donde aparezco portando una ridícula pajarita azul marino en el cuello de una camisa blanca y abrazando a un globo terráqueo en el que aprendí a distinguir Suecia de Suiza, vino por aquí y me contó la anécdota del loro Roberto. Lo hizo ayer, cuando llegó a mi puerta en el obligado receso del mediodía a tomarse un café y a notificarme sobre el fallecimiento de su señora madre y yo no sé si reír por las hazañas del timador, al que apodan desde entonces Loro Viejo, o compadecerme y llorar por el eterno descanso de doña Marta, quien requirió siempre, desde su primer parto, del uso de unos medicamentos costosísimos, que además hoy día, escasean y ni de contrabando logran obtenerse por estos olvidados montes y aldeas de San Judas Tadeo, de las que muchos piensan que las habitan bárbaros e ignaros, que no tienen derecho alguno a la conexión inalámbrica o a disfrutar de la fibra óptica y de la televisión satelital.

Yo solo puedo responderles que, ahora que sabemos que las cabezas del capitán Pérez Pérez y las de sus solados tienen precio y se tasan altísimo en pesos colombianos, es menester comentarles que, entre otros asuntos, recién, esta mañana, se corrió la bola de que la nueva alcaldesa es de origen colombiano y los concejales y demás miembros de la cámara municipal se apostaron temprano con una muchedumbre que clama por su renuncia en la prefectura.

Lo pongo en autos: es miércoles y pronto me buscará mi amigo Chuito para ir a Puerto Santander a hacer las compras. Mientras espero, enciendo la radio y en el dial, un hombre al que los oyentes llaman Paz, dirige un magazín vespertino. Escucho un micro en el que se recuerda otro aniversario luctuoso por las víctimas de la masacre del corregimiento de Machuca, en el municipio de Segovia. Según dicen, los pobladores estaban durmiendo y los del ELN volaron el oleoducto, provocando la detonación del puente colgante sobre el río Pocuné y hubo al menos ochenta y cuatro muertos. Eso por allá no para. Otras desgracias similares en regiones cercanas al corredor fronterizo han dado paso a que mucha gente huya de la violencia y busque refugio del lado venezolano. Entre los muchos, se cuentan decenas de padres cuyos niños deseaban volver a casa y algún burro o un coche bomba les impidió tomar el almuerzo y desde entonces disponen en la mesa del comedor un plato hondo y una cucharilla extra en señal de espera de la justicia.

Vuelo 1166

He surcado estos aires repetidas veces. Casi siempre a más de siete mil pies de altura. Esta vez me acompaña una carpeta amarilla, con gancho metálico, que contiene dos documentos y en la que he insertado un trío de bolígrafos de colores azul, negro y rojo. Llevo un lápiz de grafito número dos, un sacapuntas metálico, sin guardaviruta, y dos gomas de borrar blancas. Viajo regularmente desde los Andes hasta la capital tratando de seguir las pesquisas que adelanta la fiscalía sobre el caso de los grupos armados que azotan al norte del Táchira. He salido muy temprano de la casa del pueblo rumbo al aeropuerto del municipio García de Hevia cuya capital es La Fría, que de temperatura baja y aire fresco tiene no más que el infortunado nombre. Es un topónimo risible, un accidente más de nuestra singular topografía tachirense, cuya división político-territorial es muestra de la mayor de las burocracias: veintinueve municipios por el pecho. ¡Cualquier concha de ajo!

La mayor parte de la carretera de asfalto que comunica a El Vigía con ese pueblo polvoriento y bochornoso que es La Fría —en donde hace un calor infernal— se ha quebrado en dos. Justo ahora, a la altura de Calichito, más cerca de García de Hevia que de Alberto Adriani, la vía se deshizo y sus restos han ido a fundirse con los materiales que arrastran la Arenosa y el Carira, en estas dos semanas de continua lluvia. Caen los primeros días de octubre del año 2014 y la vieja arteria vial de greda, camellón de piedra que funge como vía alterna y paso a riesgo se ha hecho blanda, tal como si fuese una galleta de soda a la que sumergen en una taza de leche caliente.

Tengo, entre mis archivos, una historia que aprovecharé para revisar mientras surcamos los aires. El relato en cuestión tiene mucho que ver con la biografía de algunos de los hombres y de las mujeres que iniciaron un viaje hacia esa permanente y ansiada felicidad o punto cero; muchos de los cuales llegaron a pie o en lomo de caballo a este lado del corredor fronterizo, gracias al cruce de los ríos que ensanchan sus cauces por las riberas occidentales del eje colombo-venezolano en las regiones del Apure y del piedemonte andino; con esos seres alucinados que viajaron kilómetros intentando resguardar la vida ante las amenazas a su seguridad producto del conflicto armado colombiano o soñando con un horizonte de bienestar y de prosperidad para ellos y los suyos. Trato de leer las líneas de esa historia mientras la ayudante de cabina da las instrucciones en caso de un accidente aéreo y mi interés no está en sus útiles recomendaciones: todo mi esfuerzo estriba en disimular lo tan atractivos e imperativos que me resultan sus muslos y su cara redonda, a la cual corona una boca pintada de rojo carmesí que le hace juego perfecto a sus labios carnosos, permitiendo así que en su rostro sean más visibles las pecas y los lunares que iluminan sus mejillas cubiertas de cosmético color rosa viejo.

La historia que llevo conmigo habla de Mary. Ella es una mujer que muy pronto cumplirá setenta años. Su cabello nacarado aún conserva la fortaleza de sus hebras y las bolsas de sus ojos parecen revelar una nostalgia de siglos. El arco sobre sus cejas pobladas se frunce cuando baja su mirada y la vergüenza sonroja sus mejillas al emitir un suspiro quejumbroso y luego continuar contando en frases cortas el dolor que arrastra desde aquella vez en la que arriba de un camión de papas viajó por el suroccidente del Arauca colombiano y llegó hasta la población de Tame para después poner pie en Venezuela, esa tierra ajena a la que habían viajado años antes sus hermanos de quienes durante cuarenta años no tuvo idea de dónde estaban o de si se encontraban vivos o muertos.

Mary ha olvidado por mucho tiempo la mayor parte de esos detalles y no hila con precisión su historia. Ella reitera una y otra vez que su caso tiene que ver mucho con la pérdida de su primer hijo, al cual no ve desde hace veintisiete años. Su Elkin decidió marcharse para siempre jamás por temor a morir a palos en cualesquiera de las golpizas de las que era víctima o por miedo a pasar el resto de sus días en el retén de menores, si hubiera osado dar muerte a su padrastro, Arbonio Contreras, quien era el que le infligía ese horrible dolor. Mary aún no ha recordado que antes se llamaba Ana Edilia. Menos que, en realidad, tiene dos años por debajo a los que figuran en su cédula de identidad venezolana, la cual obtuvo con dificultad después de veintiún años de residencia legal (?) en Venezuela. Toda vez que el menor de sus hijos cumplió esa edad y con su fe de vida dio evidencia cierta de que ella había permanecido todo este tiempo en territorio venezolano. Mary tampoco ha recordado que su fecha de nacimiento es el 16 de abril y no de marzo. Siempre se ha mantenido fiel a una versión que estima conveniente contar cuando le preguntan por su familia.

—Bueno, mis padres murieron cuando yo era niña. De mis hermanos nunca he tenido noticia. Imagino que mi hermano Leonardo todavía vive en Ciudad Bolívar. Supe que él se vino a trabajar a las minas de oro. Mi hermano Emilio estaba en el cuartel cuando yo tenía unos seis años. Mi hermana Ana es monja. A ella se le murió el novio, la noche antes de que se volara con él. No tengo acta de bautismo porque la iglesia donde estaban esos papeles se quemó. Yo nací en San Calixto, Norte de Santander, pero soy de Barinas, de Socopó.

Mary manifiesta no saber firmar de forma exacta y reconoce leer con dificultad a causa de un accidente cerebrovascular que afectó seriamente su motricidad y su concentración. Sin embargo, ella asegura «conocer la o por lo redonda» y entender —si presta especial atención— el orden de los libros y la estructura de los testamentos del texto bíblico.

Mary es una dulce mujer que hace magia con sus manos. En muchos de los comedores de las casas del pueblo hay cuadros suyos de bodegones y flores fabricados con materiales de desecho. Mary ha regentado durante más de diez años un taller de manualidades y tiene un diploma de la Escuela de labores del estado Táchira, que la acredita como maestra. Hoy ya hace un mes que ha orado por última vez en el cabo de año de su fallecido esposo y hace un par de horas le ha pedido a su segundo hijo que se siente con ella en el portal de la casa para escuchar la que ella llama *su verdad.*

—Hijo, yo, en verdad, no soy huérfana —confesó Mary entre llantos a su hijo que la acompañaba en silencio, observando a su alrededor los cuadros, las pinturas y las manualidades que adornan la casa, cuyos recuerdos no son para nada antiguos puesto que esta es la primera vez que ambos tienen un hogar y él una habitación propia para retozar a sus anchas por todos los años de ausencia.

—La escucho, mamá, la escucho —respondió el segundo y menor de los hijos que ha regresado a casa tras un largo viaje de veintiún meses.

—Es necesario que sepa que yo siempre quise contarle la verdad, pero su papá no me dejaba, me amenazaba con quitármelo a usted y a su hermano. ¿Usted no se acuerda de que cuando tenía seis años nos quemó la casa donde vivíamos alquilados?

—Está bien, mamá, tranquila —le dijo su hijo, procurando calmarla en aras de permitirle continuar con su declaración.

—Yo siempre respeté a su papá. Nunca tuve otro hombre en mi vida, pero lo que él me hizo no tiene nombre. Eso no tiene perdón de Dios —sentenció una afligida y conmovida Mary, a quien le resultaba dificilísimo enunciar una frase tras otra sin que entre ambas mediara el llanto.

—Lo sé, mamá, pero tranquila, ese hombre ya no está. Ese hombre se marchó —señaló su hijo, quien poquísimas veces intercambió con su padre una que otra idea acerca de la vida y nunca recibió consejo paterno, mientras, en su lugar, soportó la violencia y el abandono emocional al que sentía que fue sometido durante sus años de infancia y de adolescencia.

—Ese es su papá y eso es algo que usted no debe olvidar —precisó la madre ante lo tajante y definitivo que sonó su hijo respecto de su padre.

—Lo sé, mamá, pero usted sabe bien que nunca tuvimos una buena relación —quiso aclarar el hijo a la madre con cierto tono de seguridad que parecía no dar lugar a ahondar más en esos asuntos filiales entre él y el que había sido el esposo de ella durante treinta y cinco años.

—Hijo, perdóneme, yo perdí tanto tiempo, quién sabe cuántas veces usted sufrió o no tuvo nada o quién sabe Dios qué cosas le hicieron falta cuando estaba estudiando en Caracas y yo aquí, con ese hombre, pero, usted sabe, hijo, a una la educaron para...

—No se atormente más, mamá, no sufra por eso. Mire que ahora lo más importante es que vamos a poder hacer cosas que antes no hicimos, ¿sí? —El hijo quería dejar clara su postura frente a ese tiempo que, para él, era pasado por definición.

—Sí, hijo, es que entienda, yo estoy muy arrepentida, su hermano se fue y yo estoy pagando lo que le hice a mis padres —insistió la madre.

—Entiendo, mamá, entiendo. Dígame algo, mamá, ¿cómo es eso de que usted no es huérfana? —dijo, en un tono más amable y menos resuelto, en procura de permitir que su madre expresase lo que ella llamaba *su verdad*.

—Yo tengo familia en Colombia.

—¿De verdad, mamá?

—¿Y a usted no le sorprende, hijo?

—¡Ay, mamá!

—Sí, hijo, yo tengo siete hermanos, bueno, eran nueve, pero dos se murieron… Hay uno que se llama como usted.

—¿Yo tengo un tío que tiene mi mismo nombre?

—Sí, hijo.

—¿Por qué usted no me había dicho nada, mamá?

—Hijo, cuando usted nació yo estaba muy adolorida. Imagínese que yo me dije mí misma: «Este muchacho me va a venir matando del dolor». Usted no se imagina lo mucho que yo recordé a su tío Leonardo. Él siempre me hacía reír y tenía un muy buen humor. Eso me dio paz y yo dije: «¡Ay Leonardo! ¡¿Dónde estarás, muérgano muchacho?!».

—¡Ay, mamá! —dijo Jesús Leonardo, sonriendo.

—Me fue harto difícil salir embarazada. Pasé seis años con su papá intentándolo y nada. Yo hasta me tomé un remedio de los colmillos del faro y parece que eso fue lo que funcionó. —Dijo Mary.

Ante tamaña declaración, Jesús Leonardo soltó un par de carcajadas. Allí estaba, luego de dieciséis años de intermitencia, en medio de las confesiones de su madre.

Jesús Leonardo ha regresado a casa tras un largo viaje por el oriente y el centro del país en el que ha estado estudiando con algunos amigos la posibilidad de construir un barco en Río Caribe, luego de haber trabajado como marinero en una embarcación de pesca de langostas, que zarpa del Caribe venezolano, en el estado Sucre, y atraca en otras costas del Atlántico y llega en ocasiones hasta la isla de Martinica. Jesús Leonardo hoy día tiene treinta y dos años y esta historia que le relata su madre, aunque le sorprende un tanto, no se aleja mucho de lo que sus ojos han visto y de lo que en cientos de bares y decenas de puertos ha oído, en estos dieciséis años de travesía por los mares y por los océanos de nuestro país continente.

—Mamá, ¿recuerda el nombre de sus hermanos? ¿En qué parte de Colombia vivían? —preguntó Jesús Leonardo, sorbiendo el té de malojillo que tenía entre sus manos dentro de una taza de barro moldeada por las manos de su madre.

—Yo le voy mostrar algo que tengo guardado, desde hace muchos años. Yo le pido que me perdone por eso —suplicó Mary, levantándose de la silla y dirigiéndose a su habitación.

—¿Qué es, mamá? —le preguntó Jesús Leonardo, quien ahora se mostraba más intrigado.

—Ya vuelvo, déjeme ir un momentico a la pieza y vuelvo enseguida —dijo Mary, quien abrió la puerta de su aposento sin recordar aún que antes se llamaba Ana Edilia.

Jesús Leonardo sabe bien que su madre ha sufrido mucho. Su ausencia y la de su hermano, que él también padece, han calado hondísimo en su ser. Ella permaneció casi cuarenta años bajo el yugo férreo de su padre, Arbonio Contreras, el decano caporal de la hacienda El Paraíso.

El dolor por la pérdida del primero de los hijos es tal, que Jesús Leonardo ha debido procurarse hermanos entre los hombres y entre las mujeres que ha conocido bajo las tormentas o en los muelles en los que ha despedido a uno que otro amor, haciendo eternos los cementerios de abrazos en esas marítimas distancias. Jesús Leonardo, quien ha vuelto a casa después de la muerte de su padre, está sentado en la sala de una casa que le es ajena. Está allí, escuchando las confesiones de una madre cuyos ojos no han visto jamás el mar y él se siente otra vez, ante tamañas revelaciones, el niño curioso que una vez fue. Casi igual o más sorprendido que aquella vez, a los once años, cuando miró a través de un telescopio las estrellas que cubrían de esmalte la bóveda celeste y sintió que pertenecía a ese grupo de hombres que en el pasado habían estudiado la ubicación y el tamaño de los astros, para emprender las aventuras inimaginables que protagonizaron sus héroes en algunas de las historietas infantiles que él leyó, con fervor, en el único quiosco de revistas al que llegaba el periódico tres días después de publicado y del que los viejos tomaban dos páginas para leer los últimos extras por los altoparlantes de una de las dos torres del campanario de la iglesia de Umuquena.

—Mire, hijo, esta es mi cédula de ciudadanía, se llama así en Colombia —le dijo su madre, acercándole un carné de identificación impreso en papel, plastificado, de colores blancos y grises, en el que resaltaba el escudo de armas de la República de Colombia, en color verde sobre el que posaban las letras que daban fe del nombre y de los apellidos: Ana Edilia Carrascal Umaña.

—¡Mamá! —Fue lo único que alcanzó a decir Jesús Leonardo luego de tenerlo entre sus manos y ver la fecha de emisión del carné de ciudadanía de su madre, quien lucía una frondosa cabellera negra y asomaba una profunda y cautivadora mirada que imaginó él que habría sido capaz de hacer temblar al más fiero de los hombres y por ello el funcionario que le tomó los datos no tuvo más opción que poner el nombre y la fecha que Mary se inventó para hacerse invisible y perderse entre las decenas que cruzaron de polizontes el departamento de Arauca y llegaron hasta las mesetas en los últimos estribos de la cordillera nororiental colombiana, en la que se encajonan los ríos Tame y Cravo.

Luego de ver la cédula de ciudadanía y reparar con detalle en los datos, Jesús y su madre se abrazaron. Él la cubrió de besos y ella lloró en silencio. Después de un brevísimo tiempo, Jesús Leonardo le insistió que continuase con la historia.

—¡Ay sí, hijo! Perdón, es que una se guarda estas cosas largo tiempo. Por eso fue que nunca pude ir a buscar su boletín a la escuela, y usted tan buen estudiante que era. ¿Cómo iba a ir, hijo, indocumentada e ignorante? —le dijo su madre con mucha vergüenza.

—Bueno, mamá, vamos a encontrar a la familia. ¿Cómo se llaman mis tíos?

En ese momento, Mary, quien persistía en no recordar que se llamaba en verdad Ana Edilia, comenzó a nombrar uno a uno a sus hermanos, a lo cual el capitán de segunda y marino Jesús Leonardo Contreras Carrascal escuchaba con atención.

Días después…

—Disculpe, señor, ¿desea algo de tomar? —me interrumpió la aeromoza del vuelo 1166, con destino a Maiquetía a los veinticinco minutos de navegación, de los cincuenta y cinco pautados, para cubrir la ruta entre el despegue y el aterrizaje.

—No, muchas gracias, joven. —Le dije a la sensual y prominente tripulante de cabina cuyo apellido era Rodrigues. Lo que daba fe de sus evidentes rasgos de origen portugués y no dejaba duda al acierto de mis gustos.

Informes

Esta mañana, los Pelusos han accionado sus fusiles contra la estación de policía de San Calixto, Norte de Santander, Colombia. Son quince las bajas. El locutor a cargo del programa *La Voz del Campo* y director de la emisora comunitaria Café Onda Stereo 101.7, le ha comunicado a Jesús Leonardo Contreras Carrascal que por estos días le va a resultar imposible averiguar la información que él le ha requerido sobre los familiares de Mary. Ya Jesús Leonardo ha intentado obtener algunos datos filiales, escribiendo vía correo electrónico a la dirección de la municipalidad; todo en aras de saber sobre el paradero de unos tíos, tías y primos de los cuales jamás tuvo noticia. Jesús ha decidido llamar por teléfono y luego invitar al usuario de la alcaldía de San Calixto a conectar en las redes sociales. Ello ha sido un total éxito para su empresa. De allí que ahora mantenga comunicación directa con la oficina del burgomaestre y con la radio comunitaria en la que se emiten micros entre programas para preguntar por la familia Carrascal Umaña.

Mi nombre es Jesús Leonardo Carrascal, estoy buscando a la familia de mi madre Mary Carrascal. Mi abuelo se

llamaba Sebastián Carrascal. Mi abuela: Cristina Uma-
ña. Sé que comparto con un tío materno el mismo nombre:
Leonardo Carrascal. Agradecería si tienen a bien enviarme
alguna información a esta emisora. ¡Mil gracias!

Así reza el micro que se escucha en todos los autobuses, tractomulas, puestos de venta de comida, asaderos,
piqueteaderos y ventas de empanadas y jugo de lulo y de
tomate de árbol, en los que se sintoniza el dial en frecuencia
modulada que inunda el aire, dos o tres veces por día, con
el tema del momento: *Mosaico vallenato*, en voz del gañote
de Karen Lizarazo.

Tierra ajena

Hasta aquí me llegó la relectura de esta entrada en mi blog a la que he decidido titular *Tierra ajena*. Trato de pegar un ojo, pero no puedo. Aún me estoy preguntando por las confesiones de Mary y la búsqueda de Jesús Leonardo. De igual manera, me preocupa mucho que todo lo que pasa por esos pueblos del eje colombo-venezolano semeja ser no más que una estampa; sí, una mera postal de la frontera más caliente de América del Sur, como acostumbran a llamar los periodistas y los reporteros a esa parte de la extensa franja imaginaria de más de 2200 kilómetros entre Colombia y Venezuela cuyo protagonista es el puente internacional Simón Bolívar, es decir, el pedazo de concreto y cabilla armados que divide a San Antonio y a Cúcuta; porque de Maicao y Paraguachón se habla un poco menos que de los municipios Bolívar y Pedro María Ureña, obviando que allá el contrabando tampoco «juega carritos». Aunque, viéndolo bien, reconozco que, de vez en cuando, alguien por ahí saca una que otra nota de los wayuu o de los guajiros. Yo hasta creo que medio mundo piensa en trapos de colores, plumas en el pelo, cestas de fique, ranchos de palma, vientos secos, tierras áridas, perros famélicos con nuches, mujeres rotundas con wayuushein, el vestido tradicional femenino, y niños barrigones llenos de parásitos y furúnculos, arreando chivos y domesticando cabras salvajes, cuando, precisamente, escucha esas palabras que designan a los pueblos de origen arawak, muchos de los cuales están asentados en la península. Al fin y al cabo, «a Raimundo y todo el mundo» le da igual. Lo cierto es que ahora que sabemos que el capitán Pérez Pérez y sus hombres se están preparando para enfrentarse con las bandas criminales que controlan el tráfico de víveres y el contrabando de carne y de combustible entre La Fría y Boca de Grita, es justo informar que el comandante Tato ha navegado esta noche las aguas del río Tarra y ha puesto pie en tierra venezolana. Dos hombres de la banda del Coco lo han recibido y después lo han trasladado en un camión con cava refrigerada hasta un rancho ubicado en un caserío del kilómetro siete que está poco antes de llegar a la primera cruz de la misión, de la población de Casigua El Cubo, en el municipio Jesús María Semprún, del estado Zulia. Tato ha llegado hoy porque mañana, cerca de las nueve horas, él y su acompañante apodado Jinet'e perro intentarán secuestrar a Noglis Bracho Montiel, el secretario de la Asociación de Ganaderos del Sur del Lago. Él y su cómplice merodean arriba de una Yamaha DT 175, a la salida del restaurante El Cruce, donde suele ir a desayunar el dirigente ganadero, en compañía de su mujer y sus dos niños de seis y cuatro años, todos los domingos oveji en coco, acompañados con dos tajos de cuajada fresca como guarnición; poquísimo antes de entrar a la celebración de la eucaristía de las diez, que oficia el cura párroco en la iglesia Santísima Trinidad de este pueblo que debe su nombre, «El Cubo», a la geometría del cerro y el mechurrio de los campos petroleros de la zona. En esa frontera, el contrabando de gasolina «juega garrote» y muchos de mis conocidos reciben a diario cincuenta, sesenta o setenta mil pesos colombianos por el tanque de combustible de los vehículos que usan para moverse hasta las aldeas y los pueblos circunvecinos, donde tienen cargos de docentes de educación rural o de educación primaria. Cualquiera puede ir a comprobarlo; más allá de que se me acuse permanentemente de presentar en mi columna dominical intrigas y triquiñuelas que se tranzan en los intríngulis de nuestro triángulo de las Bermudas fronterizo.

Lo informo: muy pronto por aquí se teme que, el capitán Pérez y sus hombres —ahora que son desertores del ejército venezolano— cubrirán de sangre las paredes de estos pueblos en los enfrentamientos que sostendrán con la banda de los Rasguños, una organización paramilitar que aspira a cobrar el apetecido botín de millones de pesos colombianos, coca, oro y hasta esmeraldas por la cabeza del uniformado y las de sus soldados. Ojalá y todo ello que investigo sirva y logre terminar al menos una serie que quiero hacer a modo de crónica novelada para mi columna cuyo principal protagonista no es mi otro yo transfigurado, sino muchos de los miles de hombres y de mujeres que vinieron desde lejos arrastrando cajas e historias por las afluentes de los ríos y las trochas de los caminos y se fundieron con nuestros padres y abuelos y hoy día sus hijos, nietos y sobrinos vuelven a Colombia a buscar una casa que no existe y de la que solo hay escombros y paredes rotas, tras el paso de la marcha de los soldados y las metrallas de los fusiles que enlutaron a comunidades enteras en Machuca y en San Calixto; ranchos y caseríos en cuyas casas todavía esperan a que los niños regresen de las escuelas para tomar el almuerzo; hogares a los que no volverán porque el estallido de alguna bomba o la explosión de un oleoducto voló algún puente colgante sobre un río o convirtió en ruinas a una escuela o a una iglesia y sus cadáveres navegaron las riberas y las aguas y fueron a dar a un playón y otros niños tan niños como ellos los tomaron de los brazos, voltearon sus cuerpos hinchados y apreciaron con horror sus ojos violetas y luego recogieron con inocencia los lápices y las loncheras de sus mochilas y las pusieron al lado de sus féretros a los que les ponen una X al lado de los números asignados de un estricto orden correlativo ascendente que llevan los regentes de la poblada.

Mientras yo sigo tratando de desenredar lo que rezan las copias del expediente MP-7267-A de la investigación sobre la banda paramilitar del comandante Ciro, al cual ya tengo acceso y por ello ando pensando en retomar el programa en la FM Norte-Sur 109.2, me han informado que el comandante Tato dio muerte a Noglis Bracho Montiel y a los demás miembros de su familia un domingo temprano y sus cuerpos fueron hallados sin vida en el río Puerto Paloma, gracias a que dos mujeres lavaban allí los bluyines y las camisas de trabajo de sus esposos, con jabón azul sobre dos piedras; justamente el hallazgo ocurrió cuatro días después de aquel fatídico día en el que Bracho y su esposa celebraban nueve años de casados por la Iglesia y catorce de novios y recibieron como presentes plomo y cuchillo de parte del comandante Tato, por órdenes del capitán Pérez Pérez, quien dos semanas antes se había enterado de que los ganaderos del Sur del Lago de Maracaibo estaban sumando billetes al pote que aún andan reuniendo los productores de la zona norte del Táchira para darlo de baja y enviarlo a él —y a sus hombres— a ajustar cuentas con san Pedro cuando apenas se descuide. Sé que he fallado. Aún tampoco reviso qué fue lo que pasó con mi amiga la alcaldesa, de quien se rumora que es colombiana y fue amante del comandante Ciro y por tanto los miembros de la cámara municipal deberán destituirla de ser cierta la sospecha. Sigo muy al tanto del final de la historia de Mary y de Jesús Leonardo, quien se está comunicando con las autoridades municipales de San Calixto y de Convención.

Aquí y allá

Mi amiga, la alcaldesa Lorenza Forero, teme porque todo parece indicar que pronto será destituida. Eso es algo que no se sabe con certeza. Uno de los problemas radica en que hay mucha gente que piensa que ella es, en realidad, colombiana. De intolerancias están plagados estos montes. Imagínese el lío en el que están metidos dos de los miembros de la cámara municipal, a quienes se les señala de haber sostenido un tórrido y apasionado romance con ella durante la campaña, gracias a la cual derrotaron al candidato que sustituyó en la tarjeta del partido a Anselmo Marcuzzi. ¿Qué van a hacer ahora que la alcaldesa goza de una estima y de una popularidad considerables después de estos tres años de gestión y no hay acta de nacimiento que evidencie que ella fue, como dicen, asentada originalmente en Toribio, Colombia, donde nació y luego fue bautizada? No hay ninguna fe de bautismo que contravenga la ficha alfabética que reposa en los archivos del servicio de identificación y de extranjería venezolano: un cilindro bomba destruyó la registraduría de la remota población colombiana y con ello la posibilidad de demostrar el nombre del lugar en el que ella abrió los ojos al mundo y pegó los primeros berridos.

¿Qué le van a decir ahora a la turba que estaba reclamando la verdad y nada más que la verdad en frente de la prefectura del municipio? ¿Van a reengancharlos a sus puestos después de que han tenido juicios sumarios en los que se les acusa de instigar a una rebelión y, en consecuencia, han sido desincorporados hasta nuevo aviso de sus funciones en la escuela o en el comedor municipal, sin goce de sueldo? Todo esto pinta muy mal. Sin embargo, hay dos posibles escenarios. En primera instancia, si se decreta que la alcaldesa es colombiana y, por tanto, violó la Constitución, la destitución es inminente. No obstante, el vicepresidente y el secretario de la cámara municipal no podrán participar de la votación. Antes deberán renunciar por promover y sostener relaciones que atentan contra la moral y las buenas costumbres de vecinos y de residentes de la zona. De darse este escenario, ello desembocaría en la eventual separación del cargo de la alcaldesa y en la exposición al escarnio público de los concejales. Lo menos malo: la respectiva cueriza que recibirán por parte de la turba de hombres que están esperando en la entrada de la cámara con correa y hebilla en mano por la decisión de si los reenganchan o no. Lo peliagudo: la demanda de sus esposas, quienes harán hasta lo impensable para dejarlos en la calle por adúlteros y degenerados. Viéndolo así, a la alcaldesa y a sus concejales les depara el encierro, el destierro o el entierro. En segunda instancia, si no pasa nada de lo anterior, ese escenario número uno no se acuerda y se apegan estrictamente al hecho jurídico de que, en efecto, es venezolana, porque así lo atestiguan su cédula de identidad y su registro de inscripción electoral, en este caso, no hay nada qué decidir y de paso perdonan a los manifestantes que se hicieron eco de los rumores mal intencionados que pretendían vulnerar la honorabilidad y el decoro de la señora alcaldesa… Caso cerrado. Seguramente, un nuevo rumor ocupará la atención de todos. No por nada mi madrina siempre dijo que en este pueblo había tres calles. Por la primera sube el chisme, por la segunda baja el rumor y la tercera está rota. Así que, como en este pueblo sin mar, la cotilla corre más rápido que el aire y, como dice un queridísimo amigo al referirse a las preferencias gastronómicas: «Pescado no le gana a cochino ni nadando», más tarde iré al desfile del patrono. Allá me espera mi amiga la alcaldesa, para que le ayude a decidir cuál carroza se quedará con el primer puesto.

~Mary la que contaba 16 años~

—Usted se parece mucho a las hijas de Sebastián Carrascal. ¿Es usted hija de él? —preguntó el hombre.

—No –respondió escuetamente Mary, de dieciséis años de edad y crines color azabache con trenzas a los lados.

—Pero, usted se parece a las hijas de él… —Alcanzó a decir el hombre antes de que fuera interrumpido por una de las seis mujeres que viajaban esa mañana en la tolva del camión Chevrolet Apache que cubría la ruta Ocaña-El Tarra.

—Díganos la verdad o la bajamos aquí —señaló de modo resuelto una jovencita de unos diecinueve años que apenas vio a Mary envidió lo brillante de su cabellera negra.

—No me vayan a bajar. Se los ruego —suplicó Mary angustiada.

—Bueno, si no quiere que la bajemos, tiene que darnos de lo que lleva ahí —expuso la muchacha joven que segundos antes amenazaba con bajarla del camión.

—¡Dejen en paz a esa pobre criatura! —les emplazó la mujer que había notado el parentesco de Mary con Sebastián Carrascal—. ¿Usted cómo se llama, hija?

—Mary... —respondió a secas la aludida.

—¿Usted de quién es hija? Es que a mí se me parece mucho a una de las seis hijas de don Sebastián Carrascal. Él es medio tío mío. Una de las hermanas de mi mamá por parte de papá está arrejuntada con él. Dicen que es un señor muy fuerte —señaló la mujer.

—Yo no conozco a ese señor. Yo soy huérfana —respondió Mary.

—Venga, hágase aquí que el viaje es largo, mija —la invitó la mujer.

Esa mañana, Mary, quien de allí en adelante no se hizo llamar más Ana Edilia, empezó una historia de desarraigos que la llevaron, años más tarde, con un niño en brazos, a un largo viaje por Fortul, Saravena y Ciudad Sucre hasta llegar a la población de El Nula, en el Apure venezolano. Allí conoció a Arbonio, quien entonces era caporal y trabajaba en un hato lechero de ganado vacuno. Hoy, después de casi cuatro décadas, Mary ha recordado cuándo y cómo lo conoció, la noche aquella, en la que, con su niño en brazos, estaba parada en la vía que comunica a Socopó con Barinas, pidiendo cola, un aventón, pues.

—Así pasó todo, hijo. Es lo que recuerdo —dijo Mary entre sollozos.

—¡Ay, mamá! ¡Cuánto sufrió! —se lamentó su hijo Jesús Leonardo luego de escuchar esa historia que su madre llamaba *su verdad*.

—Al día siguiente de las confesiones de Mary, Jesús Leonardo emprendió una búsqueda silenciosa que tuvo fructíferos resultados tres meses después:

—Buenos días, con la Sra. Hilda Carrascal, disculpe.

—Sí, ¿quién le habla?

—Le habla Leonardo Carrascal.

—Disculpe, ¿quién?

—Leonardo Carrascal.

—¡Por favor, no me moleste!

—Señora, no me cuelgue…

—Eso es imposible. ¿Usted no me está tomando el pelo? —preguntó Hilda Carrascal que no imaginaba que su hermano muerto le hablase desde el más allá, pues el timbre de voz de aquel hombre y su nombre le resultaban familiares.

—Señora, si usted tiene una hermana que se llama Mary Carrascal, entonces usted es mi tía —señaló Jesús Leonardo, quien había obtenido este número gracias a la página de una red social cuyo usuario «Convención Somos Todos» permitía ver la lista de los seguidores y así acceder a su perfil y sus consiguientes números telefónicos, si los mismos no habían configurado la privacidad para que todo público tuviese acceso a sus datos de contacto.

—Yo soy el que le envió el mensaje y usted me dijo que la llamara —aclaró Jesús Leonardo para terminar de llamar la atención de la mujer.

—Sí, hijo, pero, mi hermana no se llama Mary. ¿Usted no estará confundido? Yo tuve un hermano que se llamaba como usted, Leonardo, y su voz se me parece mucho a la de él, pero él murió hace dos años. Ahora la mujer comenzaba a dudar de la certeza de este milagro por el que ella y sus demás hermanas habían orado durante décadas al Sagrado Corazón de Jesús y a san Cipriano.

—Señora, no lo sé, pero yo creo que usted es mi tía. Yo también nací un 14 de noviembre, al igual que él. Mi mamá me puso ese nombre porque él era una persona que la hacía reír mucho —le hizo saber Jesús Leonardo.

Hilda guardó silencio y luego la llamada se cortó.

Esos minutos en lo que Jesús Leonardo daba vueltas en la cocina de su apartamento se hicieron eternos. No entendía que, aunque casi todo encajaba, la que creía su tía le había dicho: «Mi hermana no se llama Mary». Se había pasado días y noches enteras dibujando la ruta por la cual viajó su madre. Tenía los perfiles de los contactos a los que había accedido en todas las redes y copias de los correos electrónicos que había intercambiado con las oficinas de las alcaldías de San Calixto y de Convención. Tenía el número personal de uno de los alcaldes y el número de la casa de un cronista del lugar. Tenía entre sus haberes los recortes de los diarios en los que aparecían personas con el apellido Carrascal que habían sido desplazadas por el conflicto armado en el corredor de Catatumbo, Astilleros, Tibú, La Gabarra. Guardaba, dentro de una carpeta en forma de acordeón, fichas del registro de un grupo de electores con nombres iguales a los que les había dado su madre clasificadas en estricto orden alfabético a los que accedió gracias al padrón electoral publicado en línea.

Por su parte, Hilda dudaba de que la llamada que recibió esa mañana mientras se encontraba en la tienda de productos naturales hubiera sido cierta. Muchas veces ella y sus hermanas se plantearon la posibilidad de presentarse en un programa sabatino de televisión en donde algunos familiares solían reencontrarse con sus parientes lejanos o desaparecidos. Pero esto había quedado en meras suposiciones. Todas parecían mostrar la misma vergüenza. Algo que tal vez era comprensible debido a las muchas de las veces que habían oído sobre la estafa que algunos de estos *shows* practican. Igual, fuera de ese modo o de otro, la exposición pública de lo que ellas llamaban «su verdad» era algo preciado que había que resguardar con celo hasta el último de sus días.

Minutos luego, después de pensar calmadamente sobre las eventuales relaciones de parentesco y tras revisar de nuevo las últimas fichas y reparar sobre la lámina de la pared de la sala de estar en donde se hallaba un mapa de las zonas por las que anduvo su madre con Elkin en brazos, Jesús Leonardo llamó nuevamente a su madre para preguntarle por el nombre de una de sus tías y esta respondió extrañada sobre las preguntas de su hijo. Poco después el teléfono de su madre volvió a sonar y una voz diferente a la de Jesús Leonardo preguntó del otro lado de la bocina.

—¿Aló? ¿Ana Edilia?

—¿Cómo?

—Yo soy, tu hermana Ita.

Mary, quien hasta ese momento no recordaba que se llamaba Ana Edilia, comenzó a recibir una llamada tras otra. De Caracas a Maracaibo, de San José de Cúcuta a Bogotá y de Cali hasta Medellín se escuchó a voces un coro que la llamaba por su nombre: Ana Edilia.

Partes informativos

Por encima del firmamento de mi aldea nunca navegó aeroplano alguno para sorpresa y asombro de los niños tras salir al campo deportivo. Le cuento: a uno de mis informantes, un maestro de escuela fronterizo, Isidro Mario Jaimes, lo han puesto en el número tres de una lista que está circulando en el centro de la ciudad de San Cristóbal, lugar en donde reside. Por ello, el maestro se voló para la montaña alta en Umuquena. Allá está *enconchado*, dicen. Es de conocimiento público que dos hombres del comandante Ciro, perdón, del capitán Pérez Pérez, velan por su seguridad. Se comenta que un viejo miembro de «la Gente» lo cuida. Al maestro le han dado cuarenta y ocho horas para que dé la dirección del paradero del comandante Ciro o tendrá que atenerse a las consecuencias. No es que se lo vayan a *echar al pico*, no, lo que pasa es que nadie le cree ese cuento de que lo que él venía diciendo en su programa por la AM es pura ficción y son todos inventos producto de sus pretendidas dotes de «poeta de la pluma sangrante»; mote con el cual solía presentarse en el dial. Yo también ando asustado. Yo recibí la fulana lista de la muerte aquella tarde en el cafetín, además me metí en un lío por el cuento.

Me han acusado de ser un encubridor y un cómplice; me han dejado bien claro que soy un alcahuete del comandante Ciro y un testaferro de mi amiga, la alcadesa Lorenza Forero.

Le doy detalles: al maestro no le creen; menos ahora, cuando se comenta que Ciro está vivito y coleando. De hecho, por ahí hasta se viene manejando la hipótesis de que el comandante y el capitán Pérez Pérez son el mismo tipo. Así que Jaimes va a tener que cantar más que Pavarotti, Domingo y Carreras juntos, si quiere salvar el pellejo o evitar que lo condenen por conspiración, traición a la patria, agavillamiento contra las fuerzas vivas del municipio y complot para asesinar al alcalde Anselmo Marcuzzi, a quien por cierto dos sicarios motorizados le llenaron el saco de plomo. Fue un domingo, después de regresar de hacer las compras en la plaza del mercado; justo cuando se bajaba de la Hummer en *shorts* y zapatos deportivos; en el instante en el que llegaba al hogar materno en compañía de su señora madre a la que no le tocaron ni una cana de la cabellera y a quien se le cayeron las verduras al piso y le dio un síncope de la impresión al ver el cuerpo de su vástago abaleado. Pasó allí, a las puertas de la entrada de la casa que él le había construido con sus manos antes de casarse con la hija de los Paolini. En aquella época en la que se dedicaba al contrabando de cigarrillos tras haber sido recluta del cuartel Escamoto del ejército. Ese que está ubicado frente al aeropuerto de La Fría; allá mismo, donde se conoció hace unos veinte años con mi ahora el exinformante Jaimes en uno de los expresos Jáuregui que cubre la ruta La Fría-Orope-Boca de Grita; por los tiempos en los que él iba a desahogarse a los bares y billares El Caracol Rojo e Hipinto, en Puerto Santander, y el maestro Jaimes tenía treinta y seis horas de clases de lengua y doce de literatura. ¿Quién hubiera creído que este modesto maestro de escuela rural, que osaba enseñar versos yámbicos a sus estudiantes, estuviese involucrado con algunas de las bandas paramilitares que azotaron a Coloncito y a La Fría? Sí, allá, en las capitales de los municipios Panamericano y García de Hevia, donde hace un calor horrendo y justo después —curiosamente, gracias a que el maestro Jaimes empezó a *cantar* después de ponerle los ganchos—, encontraron varias fosas comunes con más de un centenar de cadáveres a los que los de medicina forense del cuerpo de investigaciones criminalísticas trataron de reconocer, pero no se dieron abasto. ¿Quién se iba a imaginar que lo que solía denunciar el fan de Chayanne y de Roberto Carlos en su programa radial era información de primerísima mano?

Lo pongo al día: ahora que sabemos que el maestro Jaimes está bajo custodia policial, todo el asunto del comandante Ciro seguro se va a desenredar. Antes, es justo que advierta que la cosa no será del todo sencilla: al *teacher* lo sapearon. ¡Figúrese! Sí, le echaron paja, lo lanzaron al agua, alguien se fue de jeta, regó la sopa, cantó, echó el cuento como es, se pasó de boleta, lo traicionó; lo apuñalaron por la espalda, le metieron tremenda zancadilla. Hay quienes afirman que el maestro Jaimes declaró bajo coacción, que fue interrogado, quizá lo torturaron y no tuvo más opción que hablar. Todo tal vez se deba a que el secretario del Colegio de Maestros, seccional Táchira, empezó a aparecer de seguido en los medios denunciando públicamente a una emisora de las fuerzas irregulares colombianas que se oía en la frontera y un importante político de esta ínsula se puso nervioso. A tal punto que envió a unos tipos a la rotativa de

La Región y estos le advirtieron al maestro Isidro que dejase de escribir su columna «Aquiles y los hombres». Le dijeron que sabían que era él quien había firmado la nota aquella del Sábado de Gloria, en la que se daban los mínimos detalles de la operación de los hombres de Ciro. Que dejara la paja y se pusiera serio. Eso fue lo primero que se alcanzó a oír desde la sala de redacción esa mañana, cuando el maestro volvió de Umuquena a recoger una vieja carpeta amarilla en la que carga un montón de papeles que son dizque el borrador de una supuesta novela sobre los paramilitares que además cuenta la historia de los contrabandistas de combustible que operan en la zona norte del estado Táchira. Encima, lo segundo que se oyó, de boca de un hombre que también trabaja en la radio y al que apodan el Faraón, es que, si al maestro Isidro no le dan chuleta los tipos que lo visitaron en la rotativa, seguramente se lo va a echar al pico alguno de los captores que sirven a la banda de los Rasguños; muy famosos en los medios impresos que circulan en la provincia y en el departamento fronterizo de la hermana república por ser de lo más espontáneos y muy creativos con sus víctimas. ¡Mierda! Al viejo lo están confundiendo conmigo o a mí me van a confundir con él.

A los Rasguños se les acusa de rebanar a sus víctimas con armas blancas, dejándoles tatuadas flores silvestres en el pecho o en la espalda luego de asfixiarlos. También, se comenta que la asfixia de sus víctimas la alcanzan gracias a un sofisticado método que consiste en dejar a sus prisioneros unas dos o tres horas dentro de un depósito de abono orgánico de dos metros cúbicos que contiene bosta de ganado vacuno que emana gas metano en estado puro. En el cajón se haya instalada una rejilla metálica de ocho centímetros de diámetro dispuesta a unos dos metros de altura, cuya centrífuga no es más que un señuelo para crear la ilusión de que el aire contaminado del mortal gas circula, permitiendo así una respiración pausada que, aunque leve e intermitente, da lugar a mantenerse cuerdo después de tantas horas de encierro para luego ser usado como lienzo de Picasso. Pero, de repente y todo eso no son más que rumores. Quizá todo esto es ficción y los fulanos miembros de los Rasguños son unos imitadores, unos *copycats*, como suelen llamarse en las series de televisión anglosajonas a quienes emulan los métodos de los asesinos seriales.

Un último dato: del comandante Ciro se escucha decir que es, en realidad, el capitán Pérez Pérez. Así, de esta manera, entonces, todo este asunto se ennegrece y parece una vulgar y sucia mentira. No obstante, mientras vemos qué sucede y este lío se desenrolla, lo pongo al día: son las tres y tres de la tarde, capicúa, pasan los últimos chubascos del acostumbrado invierno de los días finales de septiembre y el cuerpo del maestro Isidro Mario Jaimes está tumbado sobre una colcha en el piso frío de la comandancia parroquial de la Policía Municipal de San Cristóbal, en espera de ser trasladado a la de la policía del estado Táchira.

El maestro ha decidido entregarse a las autoridades porque —según ha declarado para los archivos— su vida corre serio peligro. Sin embargo, nadie garantiza que no aparecerán por estos lares los hombres de la banda de los Rasguños o los de la pandilla del capitán Pérez Pérez y se caigan a plomo limpio justo en el frente del comando para pelearse el protagonismo en la protección o en el asesinato del maestro Isidro Mario Jaimes. Sépase además que, cuando le pusieron los ganchos, al maestro le encontraron una vieja carpeta amarilla y gorda amarrada con ligas elásticas de color rojo dentro de una mochila azul. También, un legajo de papeles y objetos raros e inclasificables; entre los que se destacan: copias de las famosas listas de la muerte, una transcripción en formato de Microsoft Word de una grabación de la supuesta entrevista a un comandante que asegura ser el líder de una banda de niños que trafica gasoil en la frontera colombiana con Boca de Grita, una copia al carbón de una fe de bautismo de una persona de sexo femenino y que él asegura pertenece a la burgomaestre del pueblo vecino, una copia y un original de un contrato colectivo de la federación de maestros que están sin firmar y lleno de mentadas de madre y de otros improperios, un *pen drive* con canciones de Chayanne en formato MP3, una edición de colección y subrayada en el canto XXI de la Ilíada de Homero publicada por la editorial Gredos, un par de bóxeres marca Leopoldo, una camiseta del hombre araña y una franelilla blanca —con huequitos—; un teléfono celular marca Nokia 6120, dos pantalones roídos y manchados marca Levi's, una revista Urbe Bikini (en cuya portada aparecen Hilda Abrahams, Astrid Carolina Herrera y Roxana Díaz), una grabadora con dos cintas de casete y tres pares de baterías tipo doble AA, tres bolígrafos (de colores azul, negro y rojo), una entrada del partido de vuelta de la final del clásico moderno del fútbol venezolano entre el Caracas FC y el Deportivo Táchira; dos condones de una marca árabe, un llavero de calavera contentivo de una llave Cisa y otra Yale, un paquete de papas fritas con sabor a pollo, un recibo de *parley*, un billete de un sorteo del Kino Táchira y otro del Triple Gordo, tres servilletas grandes, un sobre de Tang sabor mandarina, media caja de cigarrillos Belmont suave, un gancho de chimó El Tigrito, una lata de sardinas, una navaja suiza, una linterna con pilas, un colador de café, un mechurrio, dos cajas de fósforos, una vela larga, una toalla de motel, un cortaúñas, un jabón de tocador Banner y un sobre de champú Drene. Eso es lo que reza el acta que firma el cabo Sánchez Ortega de su puño y letra; el oficial de guardia del puesto de la comandancia de la policía del estado Táchira en la que también se haya detenido por voluntad propia Dorángel Vargas, «el Comegente», el otrora célebre caníbal del Táchira, quien dicho sea de paso es famosísimo en Coloncito, Umuquena y La Fría. Sí, allá, en donde muy cerca hay un puerto sin mar y en donde muchos de los hijos de los obreros colombianos de las otrora prósperas haciendas productoras de ganado vacuno y de derivados lácteos hoy día trabajan por cinco mil pesos diarios en San José de Cúcuta o en Puerto Santander, mientras que sus hijos y esposas venden agua o helados, a lo largo y ancho del corredor fronterizo...

~Llamadas por cobrar~

Así pues, los días pasaron y el maestro Jaimes fue perdiendo la voz y en lugar de ofrecer mayores detalles sobre el comandante Ciro lo que reinó en su mente fue el silencio. Con su entrega, poco a poco se acabaron las voces insurgentes de la radio y el gobernador y sus hombres clausuraron los programas de opinión capitalinos. Del Faraón se perdió el rastro. Hay quienes afirman que el cadáver que mostraba heridas de arma blanca y tatuajes de flores de cayenas y aves del paraíso en el pecho y en la espalda era el de él. Los vecinos que lo hallaron en la zanja izquierda de la carretera Panamericana vía El Piñal, a la altura de Doradas dicen que era, en efecto, el Faraón; que su mujer lo identificó, afirman. Además, el maestro Isidro optó por fingir demencia y muchos dicen que en ello fue clave su comunicación con Dorángel, de quien se rumora que está más cuerdo que usted y que yo juntos. De Vargas también se dice que solo se hace el musiú para no enfrentar cargos mayores con la justicia por el tráfico de órganos; actividad a la cual se dedicaba en realidad, y que fue por ello que se inventó el cuento de que comía gente y hasta osó decir que la carne de mujer era muy dura y sabía a flores y que prefería la carne masculina, ante todo los testículos y el pene.

Lo pongo al día, esto se cuenta y no se cree: han visto a algunos jóvenes en las calles de la ciudad, haciendo campaña en favor de Dorángel sin mayores adeptos. Entérese de que lo han estado postulando como candidato por voto lista al curul de diputado por el circuito de la ciudad de San Cristóbal bajo el lema ¡Hasta la carne siempre! Es un asunto risible, pero la cosa parece que va en serio. A todas luces, lo cierto es que, ahora que sabemos que el maestro Jaimes ha optado por la mudez, su caso y la suerte que corra su vida no es asunto de interés del capitán Pérez Pérez o de alguno de sus detractores. Fíjese que, del exoficial y de sus hombres no se tiene mayor noticia. Sin embargo, la duda sobre su doble identidad quedó, al menos, de momento, disipada. No hay datos certeros que demuestren que él y el comandante Ciro sean un uno indisoluble; salvo que, forzando la barra, se les relacione por algunas cosas de lo más simples, tales como el color del cabello, los centímetros de estatura, la voz de barítono, la obsesión por la manicura y la limpieza de su ropa, la cicatriz que ambos poseen en el mismo lado del rostro a la altura del pómulo, la condición de zurdos, la edad promedio que se estima que tienen, el gusto que comparten por los vallenatos de Diomedes Díaz y las canciones de Rafael Orozco, su afición por el fútbol, el color de sus ojos y la falta de amigos y familiares con quienes se les emparente de forma directa en el país. También está ese otro asunto, el de la ausencia de cadáver la noche del operativo de busca y captura en el que supuestamente los hombres del capitán Pérez Pérez le dieron muerte y el oficial salió de lo más presumido a calmar a los vecinos de la vereda, afirmando que había sido un solo disparo.

¿Quiénes son en realidad el comandante Ciro y el capitán Pérez Pérez?

Es un asunto sumamente complicado. A esos dos hombres nadie jamás los ha visto de cerca. Ambos siempre semejaron actuar como estrellas de cine que sonreían para un público, que los celebraba y los vitoreaba por lo atractivos que resultaban como émulos de Robin Hood o de Calígula. En todo caso, lo importante es que, ahora que he terminado de revisar los documentos del juzgado que atiende a los municipios Panamericano, San Judas Tadeo, Samuel Darío Maldonado y Simón Rodríguez, es posible finalmente dejar en claro que el contenido del expediente que narra los ajusticiamientos que se han venido presentando es un secreto a voces que circula por todos estos pueblos del eje colombo-venezolano y han sido en su mayoría registrados por otros colegas del diario *La Región*. No obstante, no hay quien se inmute por ello o quien, mucho menos, se sorprenda. El tema parece haberse normalizado. Es más, lo extraño es que no pase nada de esto en una tierra abandonada a los caprichos de caudillos y caciques y mesías y comandantes. Sea que lo protagonice alguna agrupación paramilitar o alguno de los hermanos de Tato, que regularmente son contratados como sicarios, sea que figuren como actores los grupos élite de la seguridad del Estado, lo común es que cualquier fin de semana aparezcan unos fulanos y bañen con plomo el recinto de algún bautizo o celebración familiar. Se crea o no, esto es más normal de lo que se piensa. Lo ordinario por estos lares ha pasado a ser lo que antes se creía inaudito o inconcebible. La realidad de estos pueblos parece estar —de modo resuelto y firme— empeñada en superar con creces a la ficción.

Seguiremos reportando; continuaremos informando.

Juan Ángel Villamediana.

Blanco y naranja

—Amor, ¿cuál de estos eres tú?

—Amor, ¿estás segura de que no puedes adivinar?

—Bueno, mejor no me digas, amor, déjame adivinar.

—Pero te puedo dar una pista...

—No, no, déjame a mi sola —respondió Vittoria Paolini, quien reparaba con atención sobre la identidad de cada uno de los niños que parecían iguales y portaban *shorts* blancos y remeras naranjas. —¡Este! ¡Aquí! El de la banderita ¡El portero! ¡Eres tú! —dijo emocionada ella.

—Sí, amor, ese soy yo —respondió entre risas Juan Ángel Villamediana.

Años después, al estar en una de las casas de su infancia, los recuerdos en su memoria eran líquidos y fluidos, numerosos e inclasificables. Años después, Juan Ángel Villamediana estaba allí: observando las fotos de su niñez, frente a la gráfica a color del Mundialito Escolar del año 1990. Poco después él sacó una libreta y una pluma fuente del bolso de cuero en el que guarda con celo algunas crónicas sobre la frontera y acto seguido digitó sobre el teclado de membrana de su ordenador personal lo siguiente:

Tanto en Tierra mala como en tierra ajena, de este lado del río, sus voces dejaron regados el vallenato y la cumbia de la costa, juntaron a dos océanos; abrazaron la lluvia bajo el ocaso del sol y tendieron puentes eternos entre La Palmita y Cúcuta, entre la Fría y Puerto Santander, entre el río Táchira y el Catatumbo colombiano. Sus hijos corrieron por los zaguanes de las haciendas y dieron los primeros pasos y caminaron a gatas por entre los porches y jugaron al escondite y a las cuarenta matas detrás de las cortinas que cubren las ventanas de los balcones en las quintas de los pueblos. Sus lápices y sus creyones grabaron las playas del sur y dibujaron los mares en las paredes y en los pórticos. Sus manos labraron la tierra, cuidaron a los niños, sirvieron el café, bañaron a los perros y regaron a diario las cayenas y los helechos. En ollas y platos, sirvieron sobrebarriga, les echaron patas de cochino a las caraotas que llaman fríjoles y aún se disputan con nosotros la creación y los orígenes de las arepas. Ellos pusieron semillas en donde antaño solo hubo espinos y reinó la yerba mala. Cortaron con celo las begonias y amaron los abriles y los mayos en los que el primo de los araguaneyes que llama al agua florece y tapiza los suelos con sus pétalos y cubre con rosa las calles y los patios. Unos recorrieron los ríos y alimentaron a los peces y a las aves de rapiña. Todos lloraron sus pérdidas, enterraron a sus muertos, colgaron hamacas y levantaron caneyes; cultivaron en sí mismos el deseo de partir, el sueño de volver, las ansias de vivir: la ambición del amor. Aquí jamás habrá mar y pasa que muy a menudo se observa que todo el mundo guarda silencio. O todos mienten o todos son cómplices. Lo que da igual y es, para los fines, lo mismo. Las cosas que no se dicen son de una gravedad tal que, si se revelasen, doblarían al más fiero de los hombres y partirían en dos al más fuerte de los héroes. La muerte consorte, que, en este momento, y en todos, espera paciente, dibuja sobre cientos de rostros lagañas y ojeras, ovillos y rugosidades. La muerte celada, quien, desde antaño, y casi siempre, guarda agazapada su flecha es el saldo más próximo a la suma de destinos e historias que se trenzaron en secreto entre abuelos y tíos a la vera de un río o en el extremo de un país cuyas fronteras son campos para la desventura y el hambre, para la crueldad y la inquina. Todos, por las razones que fueren, aun habiendo oído el modo en el que perdieron la vida miles de sus congéneres, intentando coronar el cruce del Tarra, el Grita o las aguas del Tibú, hace cuatro, tres o dos décadas, quemaron naves y callaron su pasado, vivieron entre las sombras y rozaron la ilegalidad. Poblaron guetos en las haciendas y en las fincas, construyeron ranchos en los conucos y han amado a Venezuela como si de Colombia se tratase. Algunos, por vergüenza u obligación, olvidaron sus nombres y falsearon su historia. Lo hicieron para subsistir entre esa inmensa isla y entre esa enorme masa de indocumentados. Otros, sin embargo, temieron el destierro de sus padres y clamaron por la memoria filial; esa turgencia llena de esperanzas, ese añoro que de vez en cuando los asaltaba y los turbó recordándoles navidades y cumpleaños que les hirieron profundo. Tan hondo, que los que una vez soñaron con fundar ciudades y levantar pueblos decidieron regresar a los lotes y a los terrenos en los que hacía demasiados días, hombro a hombro y mano a mano, habían puesto las primeras piedras de sus casas. Hogares en los que, a su retorno, solo recogieron despojos y comejenes. Aquí jamás hubo mar y sucede que la muerte hoy visita sus aposentos y recámaras y miles de sus hijos, nietos y sobrinos regresan a esos lechos en los que anduvo la juventud de sus abuelos. Viajan con sus hijos y sus perros, caminando por Pamplona y atravesando el páramo de Berlín, esperando llegar a esas mismas casas que construyeron los nonos, sin saber que, después de sesenta años de conflicto armado, allí solo permanecen techos en ruinas y puertas bajo los escombros. Aquí jamás hubo mar y el comandante Ciro y el capitán Pérez Pérez —se crea o no— semejan ser el mismo hombre. Él o ambos, quiérase verles como se les quiera ver, parecen ser, en el fondo, como usted o como yo: dos peones que juegan un rol en el tablero de alguien que prueba fichas en la gran comedia del díptico de una frontera común entre Boca de Grita y el departamento del Norte de Santander. Un espacio impreciso de la orografía entre Venezuela y Colombia. Una línea imaginaria o dos en una pieza de la mecánica de un actor que incluye una galería de seres, unas veces héroes, otras más, villanos. Creaciones de un dios-autor que juega a los dados con el destino de sus vástagos. Hombres y mujeres alucinados, presas del azar o querubes seducidos por el deseo de volar, por la ambición del poder o por el anhelo del amor. Ánimas viejas que han emprendido un camino hacia la incertidumbre y retornan del exilio de la muerte y se materializan y se hacen voces o fantasmas y llaman a sus pares y llenan las calles o atracan en los puertos llevando consigo su dolor y su memoria; cargando sobre sus espaldas a los hijos famélicos o a los hijos de sus hijos que no duermen del hambre y silban a los perros para que los acompañen y no se queden atrás de la caravana que procura atravesar ríos y coronar piedemontes.

Ahora que se me ha sembrado la duda de que el capitán Pérez Pérez y el comandante Ciro son, quizá, la misma persona, no queda mucho más que decir. Sin embargo, le informo: en ellos o en él —se elija el lado que se prefiera— existía una herida honda; un vacío de múltiples saltos y anomalías fortuitas que nacieron con todos nosotros del vientre de una madre común que nos ama. Cuando John Jairo ingresó a la Guardia Nacional, no pensé jamás que su cuerpo flotaría dentro de un féretro de metal, menos que sintiese que él nos sonreiría trajeado con su verde uniforme. Ahora que lo contamos entre las bajas del grupo armado del capitán Pérez Pérez, perdón, del comandante Ciro, es justo informarle que en el mármol está grabado su nombre y puestos al lado del mismo un portarretrato que contiene la fotografía en tono sepia al que acompaña un marco de cañuela envejecido, cubierto con un vidrio víctima de las pedradas de los niños, del polvo y del paso del tiempo. Al lado de la piedra también reposa la remera de la Naranja Mecánica y su banda de capitán, esa que lucía en aquella postal escolar en la que aparece junto a mí cuando celebramos el mundialito del cuarto grado de la escuela primaria del año mil novecientos noventa.

¿Quién era, en realidad, el comandante Ciro? ¿Quién es el capitán Pérez Pérez?...

Antes de partir

Así pues, sobre los cielos de su pueblo jamás sobrevoló nave alguna que dibujase un llamado de socorro. Su nombre es Juan Ángel Villamediana y tiene treinta y siete años; se encuentra en la mitad de su vida. Si el azar obra en su favor, atravesará —no sin reparos— la otra porción que le resta del sendero. Otras lunas y otros soles le han obligado a pensar que eso que llaman la verdad algunas veces resulta frágil, demasiado frágil, diría.

Juan Ángel Villamediana ha llegado a Girardot luego de una breve parada en Bogotá y ahora camina cerca del parque de la Locomotora número 89. Se sienta sobre una de las bancas de listones de madera y metal oxidado y observa a unos niños descalzos que juegan arriba del vagón a que el ferrocarril pronto partirá, y se traslada de inmediato a la inocencia de la infancia; a esos días en los que de la chimenea de su tren imaginario brotaban unas enormes pompas de jabón que solía hacer con uno sorbetes de plástico a los que primero le sacaba las pepitas dulces de colores. Al otro lado de los viejos y enmohecidos raíles de esa máquina que tal vez no volverá a funcionar jamás, lo espera un hombre famélico de piel curtida que lo llevará hasta la isla del Sol. Irá a reconocer la alquería donde yacen los restos del presunto asesino de su amigo John Jairo; de quien se rumora que fue apuñalado una noche de marzo del año dos mil doce en un ranchito al que Juan Ángel Villamediana arribará prontísimo.

La corriente continua del río Magdalena que separa a Cundinamarca del Tolima no luce como la imaginaba, no tiene ese ímpetu que de la resonancia de su nombre se desprende. Su color verde aceitunado y la quietud de sus aguas mansas y silentes han hecho que se pregunte cuándo o por qué se lo figuró distinto.

—Doctor, aquello es Flandes —le dijo el hombre que empujaba el remo de la canoa de madera gracias a la cual se deslizaban sobre unas aguas tranquilas y levemente oscuras.

—¿En cuánto tiempo llegamos a isla del Sol? —le preguntó Juan Ángel Villamediana.

—Como en diez minutos. No es largo. Es ahí mismo —le respondió el canoero.

Mientras navegaba sobre las aguas del Magdalena, Juan Ángel Villamediana imaginó que aquellos que lo debieron llorar no estaban enterados de quién era —en verdad— el comandante Ciro. Menos podrían saber quién era, en realidad, el capitán Pérez Pérez.

John Jairo fue de aquellos que lo perdió todo, por nombrar así y de algún modo a la fortuna y al amor. Esa constante ambición que nos carcome; ese querube alado (¿malévolo?) que incordia por igual a inmortales y a hombres. Julián huyó por diez años de la ley y de los otros. Quiso marcharse cuando debió poner sobre la balanza las bajas de sus compañeros y los territorios ganados. Cuando el cálculo comenzó a arrojar saldos negativos y los muertos superaban exponencialmente a los soldados y todos sus deseos de glorias y coronas se esfumaron en el vigésimo aniversario del suicidio de su madre y el arribo de su muerte. Una bandada de murciélagos que sobrevoló sobre los campos de duraznos del sur en el municipio Rafael Urdaneta fue el anuncio de su guerra; el primer beso de la inocente Cenobia, aquella mañana de domingo frente a la plaza Bolívar de Delicias cuando de boca de Gregorio descubrió el deseo, el final de las horas de su vida. En el fondo, Julián también amó y lo amaron. A su accionar se debe que caseríos enteros aún lloren a sus hijas y que todavía busquen a sus nietos entre los rastrojos y por las montañas. Tras sus pasos y los de sus hombres no quedó varón vivo que resguardase la seguridad futura de primas o hermanas. Detrás de las sombras de sus soldados marcharon todas las mujeres en edad fértil de las pobladas, regresivas y aldeas a las cuales asaltaron junto con sus congéneres. Muchas veces él declaró que solo perseguía la justicia y abogaba por la verdad. Ese valor tan maniqueo; esa frágil instancia del diálogo de quienes ostentan el mando y azotan a crédulos y a incautos. Para muchos él no fue bueno o malo, para muchos solo fue un muchacho que se alzó en armas cuando la paz que reinaba se acabó para siempre.

—Es acá, doctor. Es acá. Llegamos. —Lo interrumpió señalando con el derecho de sus dedos índices, en dirección hacia un matorral verde viejo, el canoero desgarbado parado sobre la quilla que se deslizaba sobre unas aguas que manaban un olor mortecino y rebotaban la luz débil de la resolana, mientras Juan Ángel se hallaba absorto ante las muchas preguntas y los múltiples escenarios que trazaba su mente.

—Pero, no veo la casa —expuso en un tono que proyectaba su frustración y su desencanto. Había viajado por tres días y él consideraba que esta era la pieza que aún le hacía falta para encajar su rompecabezas y así completar el reportaje de los soldados desaparecidos en la zona fronteriza que le habían encomendado y había despertado en él un sinnúmero de historias y nudos gordianos.

—Es esa de allá, detrás del horcón —aclaró escuetamente el baquiano…

De esta manera, la embarcación se detuvo y atracó brevemente en un improvisado muelle hecho con piedras, tablillas de balso y leños de madera. Juan Ángel Villamediana se bajó, el hombre se alejó de la orilla, prometió volver al caer la tarde y lentamente remó de regreso. Tras la partida de este, Juan Ángel Villamediana caminó unos noventa y tres metros en dirección noreste y divisó el techo y el cobertizo de la vivienda de paredes de bahareque. Desde donde se encontraba, la vivienda se le mostraba silenciosa y sombría. Como si de la nada él hubiera caído de repente allí y se dispusiese a atravesar en largo aliento por una dimensión desconocida. Luego de sortear un maizal y, tras esquivar el barro húmedo que hacía chiqueros por doquier y le cubría de lodo los tobillos, Juan Ángel Villamediana finalmente llegó al rancho, empujó una puerta de latón marrón caoba que tapaba la entrada y ya adentro se sentó sobre un cuñete vacío de plástico y examinó cada uno de los folios del manuscrito que llevaba consigo, como quien revisa a un niño enfermo lleno de lamparones. Minutos después retiró la mirada del papel, quitó sus manos del teclado de membrana del ordenador que había dispuesto sobre una mesa florida y se tumbó en un catre del que descollaban resortes de metal víctimas del hollín y trozos podridos de fibra espumosa manchados por el paso del tiempo. Tumbado boca arriba sobre la colcha, sus ojos se perdieron entre el techo y las paredes de la desvencijada vivienda; divagó entre sus losas y se desvaneció en los rebordes. Husmeó entre las curvaturas de sus bases y escarbó entre los pliegues de sus tabiques. En silencio detalló cada zócalo e interrogó a todo el sitio con la precisión y la licencia de quien intercambia los roles del benévolo y del crítico, del inclemente y del justo. Minutos más tarde, empapado de sudor y muerto de sed, se levantó y lloró de pie gruesas lágrimas al ver una copia de la postal de la Naranja Mecánica del cuarto grado del mundialito escolar del año 1990 que se hallaba pegada con cinta a la superficie del espejo roto de un oxidado botiquín amarillento. Tras abrirlo en aras de reparar en su contenido, encontró una cédula de ciudadanía colombiana y una de identidad venezolana. En la primera de las identificaciones —plástica y con código de barras impreso— se leían con claridad los dos nombres y los dos apellidos: Ciro Alfonso Angola Hoyos. En el segundo de los documentos personales, se alcanzaban a leer, con extrema dificultad, un nombre y dos apellidos idénticos impresos sobre un papel blanco-amarillo y laminado: Alfonso Pérez Pérez.

Así pues, la tarde avanzó. Juan Ángel Villamediana recogió sus cosas, dejó atrás la morada donde pasó sus últimos días el comandante Ciro o el Capitán Pérez Pérez y esperó en la orilla a que lo buscase el canoero. Ante sus ojos el reflejo del verde aceitunado de las aguas del Magdalena se tornó marrón cobrizo. De a poco, el sol comenzó a inclinarse sobre la lejanía y un nimbo de mosquitos empezó a agruparse ante la despedida del inesperado visitante. Alrededor de la alquería, la nada perpetua revestía la escena: el amargo canto de un trespiés arriba de un cedro seco que oteaba las nubes que se arremolinaban por encima de las montañas, mientras de la maleza y de las plantas de sorgo marchitas salía un hedor rancio y putrefacto que infectaba el aire y lo cundía todo.

~

Así pues, en el instante en que Juan Ángel se disponía a abordar la canoa y se descubría aturdido y se reconocía prisionero de la duda en aquel paraje gris y remoto en las fronteras fluviales del departamento del Tolima con el de Cundinamarca, al otro lado de la frontera colombo-venezolana caía la tarde y desde el balcón de la quinta de la viuda de los Paolini se asomaba la epifanía: el árbol de la lluvia agitaba sus hojas y un semillero picón alimentaba a sus crías. Los sonidos del güiro, el cuatro y el requinto del tema de *La media arepa* venidos desde la radio comunitaria inundaban las casas contiguas y Ana Edilia colaba café en pleno solar donde se tuestan los granos que había recogido poquísimo antes con motivo de la caída del sol y la llegada del aguacero. Morro Negro se cubría con niebla abrazando fortísimo a las aldeas vecinas y el río Umuquena ensanchaba sus aguas que arrastraban palos, muñecas viejas y ramos de palma del Domingo de Pascua. Los choques de trastes usados y cauchos con las piedras en la quebrada el Caño eran un eco grave que se expandía por las calles y todo el estruendo acompañaba en ritmo uniforme a los rayos y a las centellas que alteraban la débil bóveda celeste. Tres niños descalzos y semidesnudos empujaban con palos rines de bicicleta y la sonrisa del espectro de Arbonio Conteras que bailaba *El pávido návido* que sonaba en ranchos, salones y billares del pueblo daba cuenta de la magia que acontecía en ese preciso instante en Umuquena: llovía.

Entre tanto, bajo un techo machihembrado, en la acuarela mayor que firma el afamado pintor costeño Rómulo Alegría, un hombre de piel tostada y sin camiseta, bermudas de yin, cabello colocho y negro azabache, cuerpo fornido, brazos torneados, ojos miel y sonrisa blanquecina, lija con esmerada fricción la superficie de un peñero de madera pintada con franjas gruesas blanco arena y líneas delgadas azul escarlata. En el detalle del cuadro, que muestra un lanchón encalado en la playa, se alcanzan a ver —además— un ancla roja y un timonel de colores dorado y perla, grabados en la proa y en la popa. Las letras «Libertad» —inscritas en plata y negro con ribetes refulgentes sobre el costado de estribor de la mediana embarcación— le hacen juego perfecto a un techo bajo sobre el que está izada flamante y ondeante la bandera tricolor de Colombia. A los costados y al fondo, muy cerca de la orilla y de la nave, sobresalen de la mar turquesa líquido pompas de espuma ceniciienta que danzan sobre las frías y agitadas aguas del Caribe samario. Del cielo azulísimo se asoman diminutas gotas de lluvia esmaltada que alteran brevemente la luz oeste y el furor del iluminado paisaje marino. Un marco de cañuela caoba y un vidrio limpísimo, delicado y fino evitan que se salgan las conchas de mar y se rompan los caparazones de los caracoles abrillantados por los rayos del imponente sol naranja-amarillo que se alza en el horizonte de la pintura. Un clavo de acero estriado de cabeza roma y un lazo de terciopelo rojo vino resguardan con celo la totalidad de los 0,96 centímetros cuadrados de esta joya pictórica que lleva por nombre «Taganga», la cual se haya colgada en todo lo alto del lado norte del arco de la puerta de entrada de la casa #4–02, cuya propiedad se adosa a la señora Celina Márquez de Paolini. El lienzo ha sido, por hartísimo tiempo, la más cara de todas las huellas; fue la mejor cuidada de todas las piezas de arte nacidas de las manos de un ser atormentado que viajó con su pincel y sus sueños desde un océano lejano a probar suerte e intentar otra vida en la Venezuela del año 1977. Es la obra de un juglar que provenía de una costa, azul y profunda, la cual, durante los primeros años de la niñez, a John Jairo, a Vittoria, a los gemelos de Marina Hoyos y a Juan Ángel Villamediana les fue singularmente fascinante, total y absolutamente ajena, absurdamente extraña. Como extraño es el primer beso humano del imberbe dios enamorado que —víctima de la treta usual de Afrodita— siente imperioso descender desde las alturas de su Olimpo para venir hasta los antros de la tierra a motear con los nombres de los astros a la prole de sus vástagos por toda la eternidad.

La acuarela en cuestión, es —como se le imagina— rectangular y liviana; la primera pieza de dos. No parece anunciar, sin embargo, el torrencial temporal, las corrientes bravías y los vientos agitados que se proyectarían en la segunda. Esa que esbozó a medias el memorable pintor costeño con lápiz de grafito y trozos de carboncillo sobre una tela nacarada. La misma que reposaba enrollada y bajo custodia en un baúl con cerrojo doble debajo de la capilla del patio, hasta que Juan Ángel Villamediana se la topó por azar gracias al encargo de su madrina de bautismo, cuya instrucción precisa ordena que el cuadro sin acabar no vea jamás la luz;

permanezca allí: entre las sombras, lejos de las manos y de los ojos de los hombres. De lo contrario, se corre el riesgo de que tal vez un día, quizá semanas, meses o años, probablemente alguno de sus bisnietos lo abra, lo desenrolle y sin miramientos pida que lo terminen sin siquiera advertirse de su contenido; logrando —sin proponérselo— completar el díptico nacido del ingenio del célebre artista costeño cuya obra entonces mostrará entera su tez, toda vez que, un diostedé pico acanalado cante mientras un agua fría, oscura y densa cargue las nubes, cierra la noche y oculta las estrellas y un crespín, que otea la hondonada de un cerro, silbe constante y hondo y de a poco el firmamento azul pastel, que se erige sobre las montañas del Táchira, desprenda granizo y las crecidas de las afluentes de los ríos la Arenosa, el Escalante, Grita, Jabillo, Carira y Umuquena quiebren vías de asfalto, trochas, caminos y camellones de piedra o un descomunal aguacero despegue la alianza de oro platinado que contiene al ingente caudal que albergan las lagunas la Grande o río Bobo y el lodazal inunde pueblos, arrope aldeas y destruya caseríos circunvecinos.

~

La noticia de quienes perdieron la vida durante los enfrentamientos en el díptico de la frontera, no llegó de inmediato;
viajó meses más tarde hasta la costa caribe de Colombia. Se
supo después que, a ambos lados del límite común, al pie de
la arena o a la vera del río, entre las aguas que mecen canoas
y sobre el oleaje que sacude lanchones, muchos lloraron la
pérdida de los gemelos de Marina Hoyos. Muchos mojaron
sus rostros bajo un aguacero en Boca de Grita, Orope y
Umuquena durante el entierro de Tato; su llanto se hizo oír
en Monte Adentro, El Pueblito y Castellón. Tras las huellas
de Rómulo Alegría, en la ruta fluvial de la costa atlántica, se
anegaron salinas; tras su estela abundaron tortugas, volaron
garzas y retornaron flamencos que se zambulleron entre los
espejos de agua. Se agitaron los vientos venidos del oeste.
Hubo cánticos y palmas desde el cabo Tiburón hasta Bau-
dó; desde el delta del Atrato hasta las cercanías del Darién.
Con el paso de los días, se elevaron plegarias en los poblados lacustres y su nombre se hizo culto a lo largo del golfo
de Urabá. Su gesta se hizo eco; su pincel resonó en Turbo,
Necoclí y Acandí. En el Magdalena, muy cerca de las ba-
naneras que rodean la Ciénaga Grande, hubo una ceremo-

nia en su honor en la que se leyó a Lucas, capítulo cinco, versículos del once al veinticuatro. En Taganga echaron al mar una chalupa con flores, velones y frutas frescas durante el cortejo. Germán Uribe y Emiro Barbosa cantaron *Nadie es eterno en el mundo* y *Jaime Molina* y una multitud los aplaudió en Pueblo Viejo, Sitio Nuevo, Remolino, Pivijay y El Retén. En el homenaje del pintor costeño, hubo quien aclamó las mariposas sencillas y celebró los sombreros y faldeos que acompañaron el quiebra cintura de una puya y un cumbión, y hubo dos mujeres que cantaron *Bullerengue para un ángel* debajo de un platanal. Entre noviembre y abril, y entre julio y agosto, hubo quien agradeció al sol y festejó el paisaje verde-azulado-celeste-amarillo que, de a poco, iluminó los santuarios, manglares y bosques anfibios que son el hogar del ratón silvestre, el mono aullador, el manatí, el carrao, el caimán aguja y el pato cuervo. La familia de John Jairo lo lloró un río, y hubo quien confortó a Azael Luis por el fallecimiento de sus vástagos. Hubo quien juró vengar y reparar heridas y fracturas familiares. Hubo quien abrazó al Atlántico y bendijo a la lluvia en la Sierra Nevada de Santa Marta en lenguas antiguas. Hubo quien dispuso con temblorosa parsimonia una mesa con tres platos: esos mismos cargados de pescadores y de peces y filos verdes; esos que en el pasado integraron la vajilla de las celebraciones en la hacienda de los Paolini.

Así pues, este es un mundo umbrío, un instante en la vida de unos hombres y mujeres que emprendieron un viaje hacia la siempre añorada felicidad; ese muelle en el que jamás atracaron pese a haber creído torcer al destino luego de haber sorteado el cruce de los ríos y coronado la llanura de un piedemonte en la depresión de un lago en el poblado de una tierra mala. Este es un tiempo oscuro que al parecer nunca dejó de existir y cuya sombra se esparce todavía por ambos lados del corredor fronterizo. Esta es una tierra ajena, un puerto sin mar, llueve, y es fama escuchar que el Paraíso es un lugar que no existe.

El probable editor

Índice

Made in the USA
Middletown, DE
19 October 2022